SMALL TOWN BOYS

Runny Magma

© 2017 Runny Magma
Tutti i diritti riservati
Cover: SCG/theartofphoto 123rf.com

TRACKLIST

01.SMALLTOWN BOY

All'entrata del cimitero, c'è un prato verdeggiante con il Buon Pastore a braccia spalancate.

Una di quelle cose per cui ti tocchi le palle, insomma.

Però ci vengo spesso. Non perché ho il gusto dell'orrido, sono depresso o soffro di un disturbo ossessivo-compulsivo che mi spinge a fare una visitina quotidiana ai cari estinti, come le vecchiette vedove che si annoiano. No, quello no.

Quello che cerco io è il silenzio. Quel senso di tempo che si è fermato che trasmettono le lapidi, il torpore della morte che da vivo ti rende ancora più vivo.

In una piccola cittadina di provincia come quella in cui sto io, non c'è un palazzo dove ogni giorno non ci sia qualche trapano in azione, vicini che urlano e tv che rimbombano.

Ho studiato qui per la maturità. Cento. Ma per ora non me ne faccio di nulla, visto che non ho ancora deciso a quale facoltà iscrivermi. Tutti mi dicono di prendere qualcosa tipo Medicina o Farmacia, solo che io sono bravo a Italiano, Storia, Filosofia, tutta quella roba lì che non serve a trovare lavoro e che mi porterebbe a fare concorsi pubblici fino a quarant'anni come la zia Elena.

Per questo ho ancora bisogno di silenzio. E di relax.

D'estate, il verde naturale dei cipressi è più intenso di quello che potrebbe ricreare un filtro artificiale. Mi piace. E mi piace pure fare il poeta. Ma anche quella è una cosa che funziona solo se scrivi aforismi zen da scoperta dell'acqua calda, roba tipo "Ti voglio bene perché sei sincero" o "Ti amo perché ci apparteniamo" alla youtuber o fenomeno della rete del momento. Non proprio tutte così, ma il livello di mediocrità è quello. "Devi essere felice." Eh sì, grazie al cazzo! Più sei banale e più hai successo sui social. E questo è il motivo per cui preferisco l'immediatezza arguta di Twitter al narcisismo di Instagram. Peccato che in questo periodo dell'anno non ci siano tante trashate da commentare in tv. Persino la Sciarelli se n'è andata in vacanza e gli speciali di *Chi l'ha visto?* sono registrati. Che gusto c'è senza il disagio in diretta? Twitter ora è un mortorio; in estate, è come la mia città. I ragazzi la sera montano in macchina e vanno verso il mare. Non vedo l'ora di essere più indipendente, anche se di gente che va in vacanza ne è rimasta ben poca. La maggior parte dei miei compagni di scuola non ci va. Consolatorio.

"E dai Niccolò, apriti 'sto profilo Instagram!" mi ripetono in continuazione. Du' palle... Ma io non ce la faccio a sopravvivere a *L'esercito del selfie*. E poi non sono alto, bello e con la tartaruga. Cioè, manco brutto. Però sono ordinario: corporatura media, capelli castani, occhi castani... in pratica invisibile. Chi mi conosce dice che sono carino, ma vatti a fidare dell'oggettività di chi ti conosce e ti è affezionato.

Ora, non che questi amici siano poi così tanti. Definiamoli "conoscenti", "compagni di scuola", perché poi quelli di cui mi fido si contano sulle dita di una mano: Gionata – i miei sono sempliciotti, ma i suoi di più, sicché io mi sono meritato la doppia c, mentre lui ha dovuto fare a meno sia della j sia dell'h, nonché della n – la Cristina, con cui ho fatto tutte le scuole dalla materna, e la zia Elena. È proprio dai tempi della materna che ricordo di non essermi mai trovato troppo bene con i miei coetanei. Mi sono sempre sembrati tutti scemi. Anche se ho avuto la fortuna di essere inserito in un ambiente in cui la gente non si è scomposta più di tanto quando ha capito che la scuffia non l'avevo per la tettona di Matematica bensì per il Prof Bruno, preferisco starmene nel mio, non ho voglia di invischiarmi con chi mi annoia a morte. E poi se ne erano già accorti da soli, come la mamma, o forse alla mamma ogni tanto ha tirato qualche frecciatina la zia Elena per tastare il terreno. Il babbo no, il babbo secondo me è sempre convinto che io "guarisca" e che mi trovi la fidanzata. Parola che aborrisco più per il senso di antico che per il genere.

Penso che, una volta a Pisa per l'università, scoprirò dei posti che potranno offrirmi di più, sia in merito alla vita in generale, sia riguardo le amicizie, seppure in definitiva non è né Roma né

Milano. Se non proprio in chissà quali locali per cui bisognerebbe spostarsi in Versilia, fra circoli culturali, ricreativi e associazioni, di opportunità già ce ne sarebbero di più. E poi magari riesco ad avere la macchina o ce l'avrà qualche nuovo amico. Però non credo che mi passerà la scuffia per Bruno come dice sempre la zia Elena, anche se secondo lei, al contrario di babbo, è perché troverò il fidanzato. In effetti, la voglia in generale ce l'avrei, e non è divertente essere ancora vergini alla mia età. Spulciando i forum, comunque, non sembro un esemplare tanto raro, visto e considerato che non ho un'ampia gamma di scelta. La zia mi dice di godermi quest'estate, quella fra l'ultimo anno delle superiori e il primo dell'università, perché per il resto della vita è l'unica in cui non avrò da fare un cazzo. Ho capito, ma se poi alla fine vado in uno di quei posti a numero chiuso dovrò pur prepararmi in qualche maniera, no? Non ho conoscenze, raccomandazioni, il babbo fa gli scooter, la mamma la casalinga...

Il punto è decidersi, porca miseria! Ma mica per me... Io sceglierei in maniera rilassata, senza bisogno di lapidi e croci, tanto non credo che tutta questa gente sotto o dietro una lastra di marmo sia in Paradiso o all'Inferno, non credo proprio a nulla di soprannaturale, solo che da mesi chiunque incontro me lo chiede: "E ora? Hai deciso dove andare?". Boia, deciderei solo per non dover rispondere sempre di no. Un'ansia... mi fanno venire. Come se fossi contento del fatto che vivo in una sala d'attesa in cui non è mai il mio turno. Mi daranno il "Premio Kafka" per la sosta inconcludente.

Intanto, a proposito di ansia, credo sia il caso di evitare i corridoi con i forni, per quanto più freschi. Hanno avuto la bella idea di mettere altoparlanti che mandano Messe in canto gregoriano a rotazione, quasi per creare atmosfera. Non si addice al mio estremo bisogno di tranquillità. E di silenzio.

Giro qua e là, sotto gli archi, verso la zona all'aperto, sui vialetti soleggiati. Troppo, soleggiati. La ghiaia scricchiola sotto i piedi e, nel silenzio infine raggiunto, sembra che stia vangando in un cantiere.

Così mi metto a sedere su un muretto all'ombra, davanti al campo con le tombe a terra, dove c'è anche meno puzzo di cera e fiori marci. Altri forni nel porticato tutt'intorno. Ma è polveroso.

Pazienza. Tanto mamma è già da qualche giorno che minaccia di ficcare in lavatrice senza il mio permesso questi jeans che camminano da soli. Stavolta l'avrà vinta. Fra l'altro si boccheggia, sto sudando come un cammello e pare che mi sia pisciato addosso. Tutti gli anni d'estate al tg parlano di siccità record. Ma proprio tutti. Quindi vuol dire che sarà sempre peggio o che è una moda come un'altra? Boh... tanto sono tutto appiccicoso comunque.

La mamma pensa solo alle stronzate. Del resto, per lei è stato tutto facile, neanche capisce bene i problemi che ci sono oggi per trovare lavoro e scegliere in maniera coscienziosa il percorso di studi da intraprendere. Per questo mi trovo meglio a parlare di certe cose con la zia Elena. È la sorella del babbo e sta da sola nella casa dei nonni, che sono morti. Se n'è occupata lei quando sono stati male, perché nel mondo degli etero italici pare che l'uomo debba andare al lavoro e la donna occuparsi della casa. Come nei film in bianco e nero. Babbo aveva la scusa della moglie e del figlio a cui pensare, eh. Insomma, se ne è strafregato assai, ma quando entro nel discorso lui lo cambia come se avesse un po' di senso di colpa. Sarebbe già buono, dico io.

Il lato dolente è che è pure bigotto quanto la mamma, vanno alla Messa, di venerdì vogliono mangiare il salmone sui crostini col burro per fare il digiuno dei poveri, e tutta quella roba ridicola lì. Per quanto limitatina, la mamma non lega tanto la faccenda al mio orientamento sessuale, più che altro è lui che prega per la mia redenzione. Ma si sa, i babbi sono lo scoglio più ostico quando c'è da parlare di orgoglio riproduttivo maschile. Insomma, gente di paese. Mentre la zia, che ha studiato ed è intelligente, è sempre a fare code per uffici e sportelli alla ricerca dei lavoretti precari più umili. Mi sa che finirò anch'io così, qualsiasi decisione prenda in merito all'università. Del resto, che bisogna aspettarsi col ministro dell'Istruzione con la terza media e una marea di politici e poliziotti più ceffi da galera di Gambadilegno? Peggio che a Topolinia! Ce ne ho tanti di quei giornalini nella scatola che mi regalò la zia tempo fa. Io vado matto per le scatole piene di roba vecchia. E ovviamente adoooro la zia per tutto questo.

Oh Dio! C'è Bruno.

Sì, lo ammetto: quando vengo al cimitero è anche perché, in un angolino del mio animo, spero di beccarcelo. Non è un luogo romanticissimo, né lo è la situazione in sé, visto che lui viene a trovare la moglie morta di cancro ai polmoni l'anno scorso. E manco fumava.

Non è bello sperare che la gente muoia, né io l'ho mai fatto, però, quando è successo quel che è successo, mi è venuto spontaneo – mica si possono frenare i pensieri indipendenti dalla tua volontà! – considerare che lui si sarebbe infine liberato, che in qualche modo avrebbe vissuto in maniera più rilassata quanto prima teneva nascosto con quella che era una copertura. Dai, i compagni si sono accorti di me ma pure di lui, eh! Di giorno in giorno va meglio, in Italia, rispetto a quando si è sposato. Non può velarsi per sempre. Spero.

Con me era un po' ambiguo, mi difendeva, ero il suo cocchino a Filo. Non che abbia mai fatto qualcosa di particolare... magari. È una brava persona e non gli ho mai visto fare il lumacone con nessuno. Però via... sono quelle cose che si capiscono, su! Ora non è più il mio Prof e io sono maggiorenne da un anno. Riuscirò a coronare il mio sogno? La zia Elena, che lo conosce da quando erano piccini perché hanno più o meno la stessa età, dice di no, perché lui non è il tipo che si mette coi ragazzini, e tutt'al più andrà nei locali in Versilia e sulle chat. Anch'io voglio andare nei locali in Versilia, meno sulle chat, dove sono quasi tutti mezzi disturbati o sposati per intero.

Intanto lui mi manda sempre il cuore a duemila. È così tenebroso, misterioso... Bruno di nome e di fatto, in generale.

Già sudavo. Ora mi manca anche il fiato.

Si fa il segno della croce, aggiusta dei fiori in un vaso sulla tomba della moglie e ne tira fuori uno. Rosso. Romantico. Ma lui l'amava davvero? Almeno un pochino, come amica. Boh... Non so che fiore sia, non m'intendo di queste cose, forse Biologia non sarebbe il massimo per me, ecco.

Non mi ha visto. Meglio così. A me basta di guardarmelo ben bene. E poi che gli direi?

"Ciao Niccolò, che ci fai qui?"

"Il poeta."

Ma t'immagini?

Non so perché si sia spostato verso un fornetto su un muro più in là. Ha incastrato il fiore rosso in uno di quei cosi che reggono le candele. Da qui sembra che non ci sia neanche una foto. Solo le scritte. Deve essere qualcuno di vecchio, vecchissimo. Un nonno, una zia... chissà? Però così mi partono quarantacinquemila film mentali, perché ora muoio dalla voglia di sapere chi sia, anche per assorbire un pezzettino di lui che non conoscevo, assimilare un particolare in più, sentirlo, possederlo perlomeno a livello teorico in una dose maggiore.

Mi annoio a morte e muoio dalle voglie in un cimitero. Ma come si fa?

Ecco, mentre s'è girato mi ha scorto, e ora non posso fare a meno di sentirmi poeta con quei lineamenti spigolosi da uomo che ha vissuto mille tormenti e quello sguardo buio e pungente fisso su di me.

Passi sul marmo, nel silenzio, e io che non so se sorridere o se spolverarmi il culo.

Mi alzo senza spolverarmi il culo e il sorriso mi rimane impigliato fra i denti.

«Ciao Niccolò, che ci fai qui?»

Il poeta.

«Penso.» E allargo i palmi, nella speranza che il gesto sia in grado di ampliare il concetto quantomeno in senso figurato. Potrei dire che sono venuto per visitare un parente, ma devo pensare a troppe cose tutte insieme e non mi riesce, non mi viene proprio.

Mi sa che non viene fuori niente manco a lui, perché sbuffa un sorriso e basta.

«E ora? Hai deciso dove andare?»

Eccoci.

Tuttavia non mi innervosisco come succede di solito quando mi pongono questa domanda, perché voglio continuare a sperare che anche a lui non venga molto da dire per l'imbarazzo dell'incontro inatteso e quindi si è attaccato a quello che chiedono tutti, giusto per riempire il silenzio.

Così decido di premiarlo e di essere sincero: «Stavo cercando di concentrarmi proprio su questo.»

Stavolta alza e riabbassa il mento in maniera più seriosa. Quest'uomo mi capisce, c'è *feeling*.

«Se potessi tornare indietro farei qualcosa tipo Medicina o Farmacia.» Un segno del destino! Non ce lo aveva mai detto. «Non che non mi piaccia insegnare, ma di insegnanti ce ne sono fin troppi e al giorno d'oggi per voi giovani è meglio puntare su altre figure professionali.»

Perché? Lui si sente vecchio?

«Sì, me lo dice sempre anche la zia.»

Sorride di nuovo. Troppo bello... «Salutamela quando la vedi, è un po' che non la incrocio per la via.»

«Grazie, presenterò.»

Già finita qui?

«Bene» sbotta. «Allora ti lascio alle tue riflessioni.»

Sì, è già finita qui. "Bene" 'na sega. E, mentre se ne va, riesco persino a togliere due fili di sorriso dai denti, pensando che in fondo non sono dispiaciutissimo, perché adesso posso se non altro andare a sbirciare le scritte sulla lapide dove ha lasciato il fiore.

Non proprio quarantacinquemila, ma almeno un film me lo potrò fare, no?

Mi appropinquo quatto quatto al forno incriminato e vedo che si tratta di un maschio. Un certo Loris Biagioni. Nome antiquato. Dalla data di nascita sembra un pochino più grande di Bruno e della zia, di qualche annetto, ma quello che più mi stupisce è la data di morte, che risale all'estate del 1987. Esattamente trent'anni fa, e aveva la mia età.

Che gli è capitato? Era malato? Ha avuto un incidente? Così giovane... E che legame aveva con Bruno? Fra i suoi parenti non mi pare ci siano dei Biagioni. In città ce ne sono, ma questo... non so.

Sono preso da un sacco di pensieri sconclusionati. Voglio saperne di più, ma non so né come né perché. Il perché forse lo so, ma avverto qualcosa di morboso in questa lapide nuda senza nemmeno una foto. Okay che all'epoca non c'erano gli smartphone e l'opportunità di scattare foto su foto in ogni momento, ma possibile che per un ragazzo di diciannove anni non ci fosse neanche una fotografia da apporre sulla tomba, in suo ricordo?

Morto alla mia età, così, mentre magari stava pensando a quale facoltà iscriversi, per qualcosa successo all'improvviso. Trent'anni indietro nel tempo, nello stesso posto. Un ragazzo come me.

Nel turbine di pensieri e domande che mi sta travolgendo, mi viene da prendere il cellulare in mano, per avvertire la mamma che ritardo per cena, perché voglio passare dalla zia. Lei di sicuro saprà qualcosa. Se lo ricorderà. Ma tanto la mamma se lo immaginerà, così rificco il cellulare in tasca e mi avvio verso l'uscita.

In barba al Buon Pastore.

02. GIRLS JUST WANT TO HAVE FUN

Mia zia fa la contadina.

A FarmVille.

Ha cominciato nei periodi bui fra un precariato e una flebo alla nonna, e poi ha mantenuto i suoi campi perché dice che quel giochino la svaga e le tiene fresche le conoscenze matematiche.

Difatti so che prima di rispondere al citofono dovrà finire di raccogliere patate e dare biberon ai capretti, così mi prende alla sprovvista quando apre subito e sento una musichetta anni Ottanta provenire dall'appartamentino: una casa né troppo grande né troppo piccola, quella in cui abitava il mio babbo prima di sposarsi.

Fortuna che i nonni hanno lasciato alla zia pure qualcosa in banca di nascosto all'altro figlio ingrato, lo so, me lo ha confidato lei, certa che io non andassi a spifferare niente a casa mia – ci mancherebbe! – e per il momento sembra riuscire a cavarsela fra una supplenza e un'altra. Però è disincantata, non crede più nell'amore, e le sue amiche sono tutte più o meno nella stessa situazione. Insomma, persino lei mi dà poca soddisfazione quando mi metto a sproloquiare su Bruno, ma forse solo perché spera che ne trovi uno più alla mia portata. Per lei sono il figlio che non ha mai avuto e si scontra spesso con la mamma, perché dal suo punto di vista si mette in mezzo troppo spesso. Menomale che lo fa...

Giusto una rampa, porta chiusa alle spalle, e me la vedo lì che spolvera la libreria.

Altro che conoscenze matematiche... Zia Elena ha una libreria immensa piena di romanzi. Ci vuole parecchio a spolverarla tutta, ma un giorno ne vorrei anch'io una così. Lei mi dice sempre che i libri non servono a nulla e che, se tornasse indietro, farebbe l'operaia subito dopo la scuola dell'obbligo.

«Lo sai che se Bruno tornasse indietro farebbe Medicina o Farmacia?»

«Ohimmei 'sto Bruno...»

Pare allegra ma sfavata al tempo stesso, mentre saltella al ritmo di Cyndi Lauper. È un po' grigina, come al solito. Ci somigliamo anche fuori: ordinaria, invisibile, capelli castani e occhi castani. Quando ero piccolo e ci vedevano in giro con la mamma, pensavano tutti che fossi figlio suo e la mamma ci rimaneva male. Deve essere il karma. Anche se non ci credo.

«Com'è che sei così allegra?» Ci provo, seppure già so che può capitare che sia allegra per nulla come che sia depressa per nulla. Cioè, i motivi per essere depressa li ha, gliene do atto. Ma lei sembra non darci peso, così sorvolo pure io, anzi, infierisco: «Ti sei trovata il tipo?»

«Seee...» bofonchia, spostando svelta un soprammobile prima di passare col cencio sul ripiano. «Di disgrazie nella vita ne capitano già tante, andarmele anche a cercare...»

Eppure sarebbe sempre una bella donna, se si truccasse e si vestisse per bene quando esce. Le poche volte che esce. Per i diciotto l'anno scorso mi portò a un locale sulla marina di Torre del Lago Puccini ad assistere a uno show di drag queen. Vorrei andare tutte le sere in uno di quei posti stralunati che mi ha fatto vedere. Ma mica solo per beccare, guardare le drag e i figuranti. Lì, di sera, persino i ragazzi comuni in passeggiata possono sfrecciarti davanti in bicicletta con un tutù rosa. A nessuno frega un cacchio di quanto sei stravagante, anzi, la stravaganza è una dote ammirevole. Dicono però che, rispetto a quando ero piccolo e c'era più vita che a Ibiza, adesso sia un mortorio pure lì, al di fuori delle serate particolari in cui ci sono spettacoli. Quest'anno, in ogni caso, l'appuntamento è saltato perché la sua macchinetta di vent'anni è già tanto se la porta alla Coop. Ma quando vado a studiare a Pisa mi cerco un lavoretto nei bar e nei ristoranti e comincio a pagarmi da solo macchina e quant'altro. Tanto la patente l'ho già presa. Se aspetto lei...

«Già è difficile sposarsi» aggiunge, non contenta, «ti immagini poi divorziare?»

Anche lei a pessimismo non scherza.

Tuttavia, in casa tiene sempre vestitini colorati, ciabattine colorate, lacci per i capelli colorati... ed è divertente mentre canticchia *Girls Just Want to Have Fun* fra uno spray per mobili e uno starnuto.

Mi piacciono tanto le canzoni che ascolta, e negli anni grazie a lei mi sono appassionato alla musica e alla cinematografia del periodo che lei rispolvera meglio dei ripiani di ciliegio. I miei coetanei non conoscono un granché queste cose, meglio i tuitteri gai, che nelle trashate anni Ottanta sguazzano che è una meraviglia. Altro che il Ferretti che mi fa: "Ma se sei gay come fa a non garbarti *Despacito*?". Compartimenti stagni che più stagni non si può. Ci ho provato quando mi hanno portato al Cineplex a vedere gli *Avengers* e *Captain America*, a dire che Robert Downey Jr. era più ganzo tanti anni fa, ai tempi di *Uno strano caso*, quando si reincarnava e nell'Aldilà si scordavano di dargli la puntura per cancellare la memoria e allora faceva di tutto per ritrovare la sua ex, che però poteva essere sua madre. Tipo io con Bruno. Ma, quando dico queste cose, mi guardano come se fossi io, quello che viene da un'altra dimensione.

«Senti zia, a proposito di anni Ottanta...»

«Eh?» Spolvera ancora, dandomi le spalle.

«Ma te lo conoscevi uno che aveva qualche anno più di te e che morì alla mia età una trentina di anni fa?» Si gira piano, accigliata. «Si chiamava Loris.»

«Nooo...» Il suo "No" cavernoso a occhi spalancati – rivolti nell'arco di pochi secondi ovunque tranne che verso di me – mi lascia intuire che non si tratti di una risposta alla mia domanda, bensì di un'esclamazione buttata lì chissà perché. Di certo lo conosceva, a questo punto. Devo capire come mai l'ha buttata lì e soprattutto chissà perché. «Me l'ero scordato...»

«Allora lo conoscevi.» Un'affermazione, non una domanda. «Sai chi era.»

La vedo sospirare, appallottolare il cencio che profuma di spray, spegnere lo stereo e mettersi di traverso su una poltrona coperta da un telo. Ovviamente la zia ha un paio di gatti, che al momento sembrano altrove. A me mettono soggezione, con quegli occhiacci malefici. Uno rosso e uno nero. Se fosse stata giovane nel Seicento, invece che negli Ottanta, l'avrebbero fatta flambé. Io preferisco i cani, ma non ne ho mai avuto uno. Troppi casini, per i miei. «Poverino...» fa, scuotendo il capo con lo sguardo perso nel vuoto o indietro nel tempo. «Era così bellino.»

«Ma che gli è successo?» Voglio capire. «Era malato?»

«Secondo il tuo babbo, sì.» Ride e si stringe nelle spalle, tornando seria. «Sai» dice lei, un po' mesta. «A quel tempo il bullismo era peggio di oggi, però non andava di moda parlarne in tv.»

«Non ci credo.» Raccapezzo le idee. «Era gay?»

«Già. Si buttò sotto un treno.»

Mi fa sussultare. Tutto mi aspettavo, ma una cosa così violenta, senza un preambolo, no. «O perché?»

«Bah...» Allarga i palmi. «Lo trattavano di merda, andava in giro conciato strano, doveva avere qualcosa dentro che piano piano lo ha portato a quella decisione.»

La faccenda si sta facendo più complicata di quello che pensavo. Devo scoprire qualcos'altro.

«Che vuol dire che andava in giro conciato strano?»

«Ma sì...» La zia fa dei gesti vaghi con le mani, riandando ancora indietro nel tempo con lo sguardo e chissà dove. «Si vestiva e si truccava come i cantanti dell'epoca, aveva i capelli tinti di rosso rame, e se in tv vederli era normale, un po' meno lo era incontrare gente per strada così, in una piccola città. Tutti lo prendevano di mira, non gli facevano far vita.» Scuote di nuovo il capo e ripete: «Poverino... era tanto bello. Ricordo che mi piaceva, ma tanto sapevo di non avere speranze.»

Bello. Giovane. Gay. E dannato. Altro che quarantacinquemila film ora...

«E Bruno che c'entra?» chiedo.

Lei mi guarda come se fossi il cretino più cretino dell'universo. O fa finta? Se li conosceva tutti e due! A quel tempo là, è capace che si conoscessero tutti. «Potrei farti la stessa domanda.»

«No, è che...» Troppo lungo, devo stringare e non ci capirà nulla, se non fa finta. «Ero al cimitero e dopo che ha salutato la moglie ha messo un fiore davanti alla tomba di questo tizio.»

«Sì, perché...» Si strofina il mento e l'unica cosa a cui riesco a pensare è che non mi ha chiesto come mai fossi al cimitero. Che donna! «Si diceva in giro che avessero un filarino. Niente di che.» Faceva finta. Vuole minimizzare perché sa che ora mi piglierà un'altra fissa delle mie. Ci scommetterei il pisello. «Loris era più grande e noi in quel periodo andavamo alle medie. Forse gli avrà dato solo il primo bacio, a quei tempi poi...» Sospira. «Il padre avrà fatto di tutto per toglierlo da quello che per lui poteva essere considerato uno scandalo, soprattutto dopo che fu ascoltato come testimone dei fatti. Mi pare che lui e qualche altro ragazzo fossero presenti nel momento in cui Loris si buttò, però...» mugola qualcosa di indefinito fra sé e sé. «Mi stai chiedendo cose di tantissimi anni fa che non ricordavo più, così, a mente fredda, è difficile rimettere insieme i pezzi.»

A me, alla mente, invece viene una battuta orribile sui pezzi da rimettere insieme e l'accaduto, ma evito, andando col pensiero al fatto che poi Bruno si è sposato con una donna, che suo padre adesso è in casa sua con l'Alzheimer... tristezza. Il padre di sicuro ricorda meno della zia. O forse no. Forse dentro di lui c'è la soluzione di un mistero misteriosissimo irrisolto da anni. Mamma mia...

Qualche pezzo cerco di rimetterlo insieme io, in maniera confusa. «Ma scusa, se tutti lo trattavano male, non è detto che lui si sia buttato, può darsi che quei ragazzi... qualcuno... lo abbia...» Non ce la faccio.

«Via, su!» La zia caccia il discorso con un cenno della mano. «Tutte le indagini vennero fatte a suo tempo e non c'erano dubbi sull'accaduto. Se ci fossero state altre ipotesi, con le nuove tecniche che ci sono oggi, i familiari avrebbero fatto riaprire il caso.»

«I familiari lo accettavano?» Mi salta al cervello una cosa. «Non c'è nemmeno una foto sulla tomba. Va bene che a quel tempo non se ne facevano tante come oggi, però almeno una...»

«Ma io non li conoscevo, cosa mi vai a chiedere?» Si gratta il capo, arricciando il naso con gli occhi fissi sul tappeto persiano anni Settanta, più che Ottanta. «Ogni tanto vedo sua sorella. Sua madre l'ho presente, sta accanto a quelli del negozio di computer, mi pare una brava donna, vuoi che non ci sia stata male? Forse non avevano foto decenti, lui era sempre truccatissimo, vai a saperlo. Se un figlio si suicida non è detto che ogni volta sia colpa dei genitori stupidi.»

«Magari non aveva una zia come te. Tu avresti messo anche la foto indecente.» Rido, e lei ride con me. «Possibile che non ti venga in mente altro?»

«Ascolta, Niccolò.» Porta un palmo avanti, come a chiudere il discorso, e a me non va. Perlomeno non ancora. «Adesso questo fatto e questa figura ti sembrano qualcosa di sensazionale e tu vorresti sapere, capire, conoscere meglio la vicenda, perché in qualche maniera ti immedesimi, però ti assicuro che non c'erano i margini per pensare che ce lo avesse buttato qualcun altro.»

«Come no? Hai detto tu stessa che tutti lo prendevano di mira.»

«Ma fra il prendere in giro per strada e buttare sotto un treno c'è di mezzo il mare». No, le frasi fatte no. Non ce la faccio. Non le tollero, neanche da lei. Che fa finta. Lo so. «Le forze dell'ordine a suo tempo avranno fatto tutti i rilievi necessari.»

«Le forze dell'ordine...» Sbuffo. «Quelli sono tutti omofobi di merda.»

«Ma proprio tu fai di tutta un'erba un fascio?»

«Sì, son fascisti.»

«Vabbe', lascia perdere.»

«No, io non lascio perdere, io vedrai che vado da Bruno e gli chiedo di raccontarmelo.»

Non riesco a sorridergli se mi incontra in giro e ora gli vado a suonare il campanello per chiedergli cos'è successo il giorno in cui ha visto un treno fare a pezzi il tipo che presumibilmente gli ha dato il primo bacio. Sicuro. Ci vado al volo.

«Ti ci vedo, sì, guarda.»

Il fatto che lei mi dica quanto già so mi stizzisce. Quasi quasi ci vado a spregio. Da lui e dalla donnina che sta accanto al negozio di quelli che accomodano i computer.

«Insomma, non ti viene in mente nulla» insisto. Stavolta non è interrogativo ma lo è lo stesso.

«E a che ti serve?»

A che mi serve? Bella domanda. A che mi serve...

«Non è possibile che si sia suicidato con tutta la gente che gli voleva male. Io voglio fare giustizia!»

Sento di aver detto una cosa più grande di me. Mi sa che non è questo lo scopo, ci dev'essere un significato recondito, ma se non faccio una pippa come posso saperlo?

«Te sei tutto matto.»

E, dopo questa profonda constatazione, la zia fa un cenno affermativo col capo come se lo stesse battendo nel muro, a dimostrazione della durezza direttamente proporzionale della mia zucca.

Non so che dire.

Difatti sto zitto.

Anche se vorrei blaterare un miliardo di cose.

Mi limito ad alzare una spalla, avvertendomi antipatico da solo.

Però mi viene a mente quel calciatore di *Chi l'ha visto?*, Bergamini, che morì in quegli anni là. Di lui dicevano che si fosse buttato sotto un camion, ma le ferite non erano compatibili con le dinamiche del presunto incidente, così hanno riaperto le indagini per incolpare la ex, che avrà di sicuro premeditato tutto, perché la faccenda non quadra. Lo minacciava, lo stalkerava, perché l'aveva messa incinta senza sposarla, e per lei era uno scandalo. Robe assurde. Ma il figliolo dov'è? Boh... Ci sono troppe prove contro di lei, insomma, e come chiusero quel caso là nonostante tutto quel che si poteva ancora dire e fare, figurarsi con questo qui che non era manco un calciatore famoso. Anche lì chiesero l'archiviazione solo perché un testimone aveva detto che si era buttato, ma poteva essere già morto quando il camionista l'ha visto finire sotto le ruote, nel buio. E i RIS lo hanno dimostrato. La verità è che si è trattato di omicidio volontario. È stato ammazzato prima da qualche altra parte. Ora i familiari, con le nuove tecnologie, hanno risguinzagliato gli avvocati, e lo so che stavolta faranno giustizia. E pure in questo caso, secondo me, anche se non è stata la ex incinta, si potrebbe provare che...

«È quasi ora di cena» mi risveglia la zia, che mi osserva quasi più pensierosa di me. «Sicché è meglio se vai a casa, tanto sennò quell'altra chiama me perché se lo immagina.» "Quell'altra" è la mamma. Forse è meglio se vado davvero. Ha ragione. «Lo sai che ti terrei qui volentieri, ma...»

«Però se ti viene in mente qualcosa...» abbozzo, mentre lei già si sta rialzando dalla poltrona. «Insomma, anche se è una cazzata, comunque ricollegata a questo fatto...»

Lei fa cenno di sì con la testa e si rimette a spolverare. Tuttavia senza riaccendere lo stereo.

Io stanotte non ci dormo mica su 'sta cosa.

E non per gli occhiacci malefici che mi stanno fissando dal fondo del corridoio mentre me ne vado.

03.LOVE OF THE COMMON PEOPLE

Ci sono un paio di tedeschi seduti al tavolino accanto al mio. Hanno biciclette e sacchi a pelo, e stanno ragionando col barista del loro percorso lungo tutta l'Italia. Vengono da Firenze e si stanno dirigendo verso la Torre di Pisa. Bello. Mi garberebbe fare una cosa del genere, mi garberebbe fare tante cose, ma poi finisco sempre col non fare nulla.

Tipo oggi.

Sospiro rimestando il cucchiaino nella tazzina di caffè. Prima ho bevuto pure un tè freddo. Tanto per calmarmi, eh. Fra un po' piscio il mondo. Se voglio passare qui tutta la giornata, devo comprarmi una sparatoria di tramezzini per giustificare l'occupazione del tavolino, ma secondo me persino il barista ha capito che è una postazione tattica. Non è la prima volta che lo faccio.

Qui davanti ci sono quattro o cinque tavolini, e gli ombrelloni riparano dal sole, così posso fare finta di niente fra tablet e cellulare. La zona è a traffico limitato, per cui passa solo qualche bici di tanto in tanto; la gente invece va e viene, fa caldissimo, e io ho la testa piena di pensieri.

Ormai è da tre giorni che parlo con tutti di questa storia. Gionata e la Cristina ne sono rimasti abbastanza coinvolti, però non quanto me, e ovunque vado cerco di cascare – a dire il vero in maniera assai maldestra – nel discorso, per vedere chi se lo ricorda, chi lo ha conosciuto e bla, bla, bla. Dal panaio alla lavandaia. Così. In questi giorni ho dovuto fare casualmente un sacco di commissioni per il quartiere. Ma più in là di "Ah sì, me lo ricordo!" o "Triste storia, capita anche nelle migliori famiglie" non vanno. E ogni volta io mi sento svuotato e pieno di imbarazzo al tempo stesso, perché poi a quel punto sono loro che fanno domande e vogliono sapere perché mi interessa questa vecchia vicenda. Come se non lo sapessero. È probabile che poi mi spettegolino alle spalle, come facevano con Loris.

Se si sparge la voce in giro, non sarò io a dover andare dalla donnina che sta accanto a quelli dei computer, ma sarà lei a venire da me per prendermi per un orecchio.

Per questo ho scelto la postazione tattica davanti casa di Bruno. Magari il gossip è arrivato fino a lui e non sarò costretto a suonargli il campanello.

La zia Elena non ha ricordato nulla di particolare. Tutt'al più ha rammentato una camicia fucsia, pantaloni larghi in cima e stretti in fondo, e il fatto che Loris fumava. Io no. Io non fumo, perché mi si ingiallirebbero i denti. Ho provato giusto una volta, e una canna in gita, ma non è successo niente, non ho sentito niente, non ho sperimentato niente di strano o di particolare. I compagni mi hanno sfottuto più per questa 'diversità' che per altro. Ho raccontato solo a

Gionata e alla Cristina che, poi, qualcosa di quel genere l'ho provato anch'io, perché per delle verifiche di fine anno ero nervoso, non dormivo, e ho fregato delle gocce che erano rimaste a casa della nonna, dove ora sta la zia. Il foglietto l'ho letto per bene, il medicinale non era scaduto, non sono andato oltre la dose consigliata, però, prima di stendermi nel letto, ho cominciato a vedere tutto deformato e colorato in maniera differente, mi muovevo lentissimo, percepivo le cose più lontane, si rimpicciolivano e poi ringrandivano, e mi è venuto il dubbio che avrebbe potuto garbarmi troppo, così dalla volta successiva mi son tenuto il nervoso e l'insonnia.

Loris fumava. Niente di eclatante insomma, nessun indizio inerente il caso. Ah sì, il panaio mi ha detto che prendeva sempre centocinquanta lire di schiacciata prima di andare a scuola.

Mi fa strano pensare che, al di là dei decenni e dei supermercati, nel quartiere sono rimasti più o meno gli stessi negozietti dell'epoca, dove andava anche lui. Tanti hanno chiuso, a quanto mi hanno raccontato, ma quelli che vendono roba da mangiare più o meno riescono sempre a campare. Poi, secondo la zia, se hanno da parte tutti i soldi fatti negli anni Ottanta, fra scontrini inesistenti e leggi diverse, male non staranno. Ma che me ne faccio dell'indizio sulla schiacciata? Non mi porta a niente, come la camicia fucsia e le sigarette.

Ogni due per tre faccio il punto della situazione e non mi viene in mente nulla che possa aggiungere tasselli al puzzle: Loris, morto nell'estate dell'87 perché finito sotto un treno, caso chiuso, si tratta di suicidio, nessuno ricorda qualcosa di più. Eppure già la zia non aveva dimenticato gli stronzi che lo pigliavano per il culo – chissà in quanti sensi... – e il fatto che non faceva vita perché era alternativo oltre che gay, e che aveva qualcosa dentro che lo macerò fino al punto di spingerlo a suicidarsi. Famiglia apparentemente tranquilla, testimoni del fatto convinti che si sia buttato.

Sembra filare tutto liscio, si fa per dire, ma io non voglio chiedermi a che mi serve tutto questo e dove voglio arrivare, già so che la faccenda è più grande di me; io vorrei solo sapere se tutti quelli che hanno assistito alla sua morte sono stati ascoltati a dovere. Un caso del genere oggi non verrebbe liquidato così. Possibile che fra chi lo infastidiva non ci fosse stato nessuno capace di dargli una spinta nel momento cruciale? E tutti gli altri sono stati zitti? Persino Bruno?

Non me la sento di pensare che Bruno sia coinvolto in maniera negativa, poi era preso dalla situazione, era un bimbetto e, anche se avesse visto qualcosa, magari qualcuno lo ha minacciato, o addirittura lo sta minacciando ancora. Perché ora è adulto. Ora potrebbe parlare. Perché non lo fa? C'entra davvero qualcosa? C'entra il padre scandalizzato? Oppure è andata proprio come dicono? No, non ci credo.

Scuoto il capo e chiedo se mi portano almeno un tramezzino. Parto da uno, poi vedrò quanta voglia mi rimane di restare qui tutto il giorno. Già la nenia della mamma ha mandato diversi messaggi, e io, ogni volta che sento le notifiche, spero che sia la zia Elena con qualche ricordo particolare.

Un paio di messaggi di Cristina su Whatsapp. Il tramezzino. La maionese con cui pasticcio tutto. Tonno. Gamberetti. Fette di pomodoro che scivolano sul piattino come se fossero pesci pure loro. Lei ha deciso. Va a Scienze Infermieristiche. A Gionata ne mando uno io. Ma lui già lo sappiamo da tempo che andrà a Informatica. Loro la macchina ce l'hanno, ma non sono single, sicché non mi portano mai a giro perché giustamente si fanno gli affari propri. Bah...

In definitiva, nel mondo ci sono un casino di infermieri così come di insegnanti, e anche Informatica comincia a essere parecchio inflazionata. Per non parlare del boom di Ingegneria Biomedica, che presto si saturerà. Ovunque ti rigiri e qualsiasi domanda ti fai, c'è già pieno comunque. Secondo me, con le newsletter, gli informatori spariranno, per cui addio pure a Farmacia. E io continuo a incrociare almeno quattro o cinque persone al giorno che mi pongono la questione fatidica a cui devo ancora trovare una risposta.

Chissà cosa voleva fare Loris... magari il parrucchiere o il make up artist, e allora non c'era neanche bisogno dell'università. Quanti luoghi comuni nel mondo... tipo i gay e la palestra. Io mi alleno a casa da solo, tanto qui hanno tutti la tipa.

E quanta tristezza nel cercare di capire cosa possa aver provato con quella gente che lo prendeva in giro solo perché si tingeva i capelli e la faccia. Se fossi vissuto a quei tempi, probabilmente mi sarei buttato sotto un treno anch'io. Ma lui di sicuro non ci si è buttato, ce lo ha buttato qualcun altro. E ora devo interrogare l'indiziato numero uno che è si è appena affacciato alla finestra e mi ha visto.

Oh Dio...

Rossore. Aritmia. Il cuore mi batte da sentirlo... non solo in gola, no, sarebbe una frase fatta; io lo percepisco tamburellare anche nei polsi, fino alla punta delle dita tremanti. Così mi tolgo la maionese dalle mani come posso, con la salvietta del tramezzino strafinito. Inzuppata di maionese pure quella. Nondimeno, la palazzina lì davanti è umile e sobria quanto lui. Perché non mi mette a mio agio come potrebbe? Ci sta solo col babbo malato da quando gli è morta la moglie, in più c'è una signora della cooperativa che lo aiuta, perché l'Alzheimer è una brutta bestia soprattutto nel momento in cui non ti alzi più dal letto, l'ho visto con la nonna della Cristina, quindi credo che Bruno abbia già tanti problemi di suo. Ora mi sento in colpa perché lo so che mi ha visto, e di sicuro, se sta uscendo dal portone, è per venire qui a salutarmi.

Mi chiederà se ho deciso a quale facoltà iscrivermi.

Non so perché, o forse sì, ma, quando vedo quanto gli sta bene quella semplice maglietta bianca e quanto è affascinante il suo sorriso, alzo le difese e comincio a distrarmi pensando al fatto che in realtà il suo babbo potrebbe essere l'indiziato numero due, che all'epoca fece di tutto per nascondere lo scandalo in cui si era ritrovato invischiato il figlioletto; che adesso è innocuo fra le lenzuola, ma un giorno l'omofobo si è scagliato contro un ragazzo gay e l'ha buttato sotto un treno. Per questo Bruno non disse nulla. E gli altri testimoni? Chi erano? Perché gli hanno parato tutti il culo così? Bella roba non poter dire più nulla perché non ci si ricorda più nulla. O fa finta... vai a sapere! No, questa storia mi sta facendo diventare cattivo e sto esagerando.

Quasi quasi mi dispiace che sia sceso lui e stia scostando la sedia a fianco alla mia, facendo un cenno al tipo per ordinare un macchiato. Pure alla macchinetta a scuola prendeva sempre il caffè macchiato. La macchia. L'onta. A questo punto, date le figure degli ultimi giorni, avrei preferito suonare davvero il campanello io e salire su da lui, alla faccia della zia Elena. Per interrogare l'indiziato numero due. Magari, in un barlume di loquacità, pensava di essere nel 1987, mi chiamava Loris e mi chiedeva scusa per avermi ammazzato. Così avrei fatto finalmente giustizia per quel povero ragazzo. Anche se in questa maniera mi sa che è difficile fare giustizia.

«Un po' più allegro il posto in cui stai riflettendo oggi» esordisce, il Prof retore.

«Non sono comunque allegre le riflessioni» mi scappa. Avrà sentito dire in giro che sto facendo domande a chiunque sul tipo a cui ha lasciato il fiore rosso? «La Cristina va a Scienze Infermieristiche» cambio discorso. Perché cambio discorso, merda, e ora come ci rientro?

«Sì.» Lui tentenna il capo, ammezzando un sorriso che mi fa rivoltolare tutto nei pantaloni. «Ce la vedo abbastanza, mi pare che ne avevamo già parlato quando era indecisa.»

Io sono l'unico ancora indeciso al presente. Bravo bravissimo!

Sto qui, appostato davanti a casa sua, lui sa benissimo di questa mia scuffia, scende le scale e viene a prendere un caffè con me. Improvvisamente, penso per un istante e per una buona volta a me stesso invece che a lui o a Loris o al resto del mondo. Sarà un segnale? Sarà vero che adesso che sono maggiorenne e che lui non è più il mio Prof potrebbe nascere qualcosa di reale? La zia mi rintrona nelle orecchie come un grillo parlante con quella storia di lui che non va coi ragazzini, non è il tipo, e gne, gne, gne, ma io non sono più un ragazzino, per la miseria, in tutti i sensi! Verginità a parte.

«E tu?»

Ohimmei...

«Mi ripetete tutti di andare a qualche facoltà tipo Medicina o Farmacia, però io con la Matematica non sono mai stato una cima.»

«Ma se hai svolto pure la traccia sulla robotica, per il tema di Italiano!»

Sì, è vero, però... «Solo perché mi piacciono i libri e i telefilm di fantascienza.»

Spero non se ne esca col suggerimento su Ingegneria Biomedica.

«La passione è già una bella motivazione.»

Che fa, le rime?

«Sono una schiappa con la Matematica del Classico, figurarsi a quei livelli.»

«A quello non devi pensare.» Si stringe nelle spalle, come se io dovessi decidere il gusto di un gelato. «L'importante è che tu sia convinto, poi le difficoltà con impegno e pazienza prima o poi si superano.»

Pare uno youtuber anche lui, oggi.

Lo vedo quasi un pochino più brutto.

E poi è l'indiziato numero uno. O giù di lì.

«Non voglio nemmeno andare a una facoltà umanistica o che sfocia sull'insegnamento perché è una giungla.» Cerco di correggermi in corner: «Non che ce l'abbia con l'insegnamento, ma anche...» Anche lui ieri mi ha detto più o meno la stessa cosa, e difatti sta annuendo. Se mi sono fermato, è solo perché non so se posso cominciare a farmi scappare un "tu" invece di un "lei", così rimango sempre l'alunno infimo di fronte al dio, mentre uno di questi giorni potremmo berci qualcosa di più di un caffè, da qualche altra parte, più lontano, dove lui non si vergognerebbe se ci vedessero insieme in atteggiamenti diversi. Ma lui avrebbe davvero atteggiamenti diversi, in quel caso?

Mi sbatto un palmo in fronte, scuotendo il capo, tanto Bruno penserà che lo stia facendo per il tormento della scelta da compiere.

«La zia che ti dice?»

«Medicina.» Storco la bocca. «Farmacia...»

«Insomma...» Ride. «Sarà un segno del destino, allora.»

"Il segno del destino" invece, non so perché, mi fa tornare su Loris e sul modo per entrare nel discorso. Che non trovo. Come il mio futuro. Non trovo il mio futuro prossimo, figurarsi quello che deciderà della mia vita.

«Non sono convinto, e quando c'è qualcosa che non mi quadra devo rifletterci bene.»

Capolavoro di spontaneità!

«Lo so, ed è giusto che sia così.»

Niente, non ce la faccio, mi zittisco di nuovo e cincischio la salvietta del tramezzino. Ho le dita sempre più appiccicose. Pensavo di aver iniziato un discorso che mi avrebbe portato pian piano dove volevo, e invece sono al punto di partenza. Ma come si fa?

Silenzio. Interminabile. Mentre sento gli occhi di lui addosso, e per una volta mi dà un immenso fastidio.

«L'altro giorno mi hai visto lasciare il fiore a Loris.» Alzo gli occhi di scatto nei suoi e riesco a guardarlo fisso in faccia solo perché mi ha preso alla sprovvista. Ora sì che non so più dire un accidente. «E di sicuro hai chiesto notizie a tua zia, perché vorresti sapere di più su quella vecchia storia.»

E che cazzo... questo è da tre anni che lavora con i meccanismi di apprendimento del mio cervello e i miei pensieri. Come ho fatto a non capire prima che nel discorso sarebbe cascato lui? Magari, senza farsene accorgere, mi ha spiato mentre curiosavo sulla tomba, perché gli è venuto il dubbio che avessi scorto il suo gesto, ha aspettato di vedere che facevo, e ha capito tutto sin dall'inizio. Da lì in poi, conoscendomi, deve essere stato facile ripercorrere le mie giornate e le mie riflessioni, ben poco incentrate sulla scelta della facoltà.

"Sì, è così" dovrei e vorrei rispondere. Invece rimango zitto, ebete e rigido come il tonno nel mio stomaco.

In pratica, si è tirato la zappa sui piedi da solo. Poteva starsene zitto pure lui, e ha parlato. Forse vuole solo capire cosa e quanto mi ha riferito la zia, se è scesa in dettagli intimi comprometenti su cui lui preferirebbe sorvolare, o che addirittura vorrebbe cancellare, o forse è un modo per intavolare finalmente con me il discorso sull'omosessualità.

«Che ti ha raccontato la zia?»

Non è un modo per intavolare finalmente con me il discorso sull'omosessualità.

«Niente...» minimizzo, continuando a cincischiare imperterrito la salvietta. «Che era alternativo, che i bulli lo prendevano di mira, che si buttò sotto il treno...» Niente, sì.

E di nuovo silenzio.

«Ti ha detto qualcos'altro?»

No, stavolta riesco a guardarlo negli occhi con un livello di coscienza superiore. Zitto, ma lo guardo in faccia consapevole di volerlo ostentare.

Questo in pratica vuole solo sapere se la zia mi ha raccontato del "filarino" e se io ho intenzione di spargere voci in giro pure su di lui e sui fatti suoi, nonché riportare il tutto alla mente di chi l'aveva dimenticato. Roba morta e sepolta da anni come Loris stesso, per lui. Se ne vergogna? Stronzo! Peggio che se mi avesse affibbiato un'insufficienza ingiusta. Non c'è proprio nulla di giusto in tutta questa storia, porca puttana, perché?

"L'hai ammazzato te. O tuo padre. Sei un pezzo di merda. Una velata del cazzo." E invece dico: «C'è qualcos'altro?»

Stavolta l'ho preso in contropiede io. Non mi piace. Non mi piace per niente il modo in cui ha abbassato lo sguardo e sta ammucchiando tazzine e salviette al centro del tavolo come se volesse buttare nella pattumiera tutto il suo passato.

Si schiarisce la voce, e lo prendo come un cambio repentino di discorso. Discorso che non c'è. E a quel punto mi viene da insistere, non riesco a trattenermi, è più forte di me: «Ma è vero che si è ammazzato da sé?»

Mi guarda dritto negli occhi con la faccia allibita e arrabbiata al tempo stesso. Perché dovrebbe essere arrabbiato, se avesse la coscienza pulita? Sì, c'è qualcos'altro. Ora lo so per certo.

«Ma che dici?» mi fa.

Sì, sì, ho capito io...

È la prima volta che non mi piace. Non perché adesso è lui che sta indagando sui racconti della zia per carpire quello che so: quanto era invischiato nella vicenda, se era legato a Loris solo da una semplice amicizia fra ragazzi o meno. No, ora il suo celeberrimo viso spigoloso e ombroso deborda nel mistero e nell'oscuro, tanto da farmelo vedere davvero come un cattivo, un potenziale assassino. Non so perché, né sarà sul serio così, però c'è un senso di colpa così grosso sul suo volto che trascolora in furia. Paura. No, non mi piace per niente, nemmeno quando si alza di scatto e si toglie il portafogli di tasca.

«Offro io» dice.

«Ma no, non importa.»

«Basta che tu ti concentri sulla scelta della facoltà.»

Che in un frangente come questo per me diventa: "Ti pago perché tu tenga la bocca chiusa."

Sarò io che sto esagerando?

Non sono convinto, e quando c'è qualcosa che non mi quadra devo rifletterci bene.

Lo sa anche lui, ed è giusto che sia così.

È la parola "giusto" quella più importante di tutte. Per me e per Loris. Devo fare "giustizia." Su cosa, come e perché ancora non lo so, ma devo.

«Senti Gionata e la Cristina» dice lui, sempre più vago. «Fatevi un giro, segui i loro consigli.»

Per la serie: "Fatti i cazzi tuoi, bimbetto."

Potrei dire io la stessa cosa a lui. Ma sono io che voglio farmi i cazzi suoi, in tutti i sensi, è vero.

Anche se, mentre entra per pagare, lo osservo non troppo sovrappensiero e sul serio mi piace un po' meno. Per questa reazione, per questo comportamento del cavolo.

Non sono riuscito a fermarlo. Che paghi lui tutti i troiai che mi son mangiato e bevuto. A spregio.

Non gli dico nemmeno grazie. Me ne vado così, prima che lui si volti. Ancora più a spregio. Non con la coda fra le gambe, non per mostrare il mio deretano invisibile.

Per punirlo.

Seppure non la prenderà come una punizione.

Ma lo ha chiamato lui stesso questo mio comportamento, col suo menefreghismo e la sua superficialità.

Ha ragione la zia.

È vecchio.

E stronzo.

No, no, ora sono convinto più che mai di andare fino in fondo a questa storia. Dovessi davvero suonare alla donnina che sta accanto a quelli dei computer. Qui c'è dietro qualcosa di grosso. Peggio di Ustica o di Emanuela Orlandi. Di sicuro ci sarà di mezzo anche qualche prete.

Boia, mi scappa da pisciare, non ne posso più.

Non è il caso di tornare indietro al bagno del bar.

Passo dall'argine, la faccio contro un albero. Non è il momento di cambiare idea.

E, nell'incamminarmi, mentre cerco tettoie e chiome frondose per ripararmi dal sole, nonché di trattenere la pipì, mi sento nelle orecchie una delle canzoni che mi ha fatto ascoltare la zia. Lei mi ha aiutato a scoprire le cose che conoscono tutti, tipo Madonna, Michael Jackson, i Depeche Mode, i Duran Duran, George Michael con gli Wham, i Pet Shop Boys (Mika non esisterebbe senza di loro), i The Cure... però era innamorata di un certo Paul Young, e a me con Paul Young veniva in mente più che altro quello delle *Casalinghe Disperate*. Poi ho cominciato a rispolverare tutto e mi garba un casino, soprattutto quella canzone che parla della gente comune che si innamora qua e là, a-a-hia, etc. Gente poverella, tipo la zia. Gente come me che fa una passeggiata in città nella speranza di avere un giorno un lavoro. Una città qualsiasi, uguale alla mia, uguale a quelle accanto da un lato e dall'altro, qualcuna un po' più grossa, qualcuna un po' più piccina, ma il succo non cambia. L'unica cosa che non mi convince è quella sull'aiuto delle preghiere, ma è una canzone degli anni Ottanta, non fiscalizziamoci. So che a quel tempo le cose non giravano come oggi su Internet, ma dopo aver googlato non mi è parso uno tanto lgbtqi, per quanto neppure apparentemente contro, sicché mi scorre via così... come i giorni, le finte icone vecchie, le adozioni, la Clerici, la Cuccarini, e il Bruno di oggi.

Anche se mi garba ancora.

Ma come si fa? A-a-hia.

04.KARMA CHAMELEON

Credo non sia successo del tutto sovrappensiero, ma dopo un altro paio di giorni di elucubrazioni e mugugni in casa – i miei non mi sopportano più, devono aver subodorato qualcosa o sono loro arrivate delle voci, prima o poi mi aspetto l'interrogatorio – ho fatto un giretto e casualmente mi sono ritrovato davanti al negozio di quelli che riparano i computer.

Accanto c'è una casetta un po' decrepita, le mura sono incrostate dall'umidità, e chissà cosa non ci sarà all'interno. Forse un tempo era gialla, ma ora sembra più verdina o grigina. Il babbo una volta mi ha detto che in questa via le case sono state costruite tutte prima dell'alluvione del '66 e, se d'estate ci sarà di sicuro un bel frescolino, non vorrei starci d'inverno, soprattutto quando piove. Ora però è estate, non sono dentro, e fuori non c'è neanche un pezzettino di ombra, visto che le case hanno quasi tutte un solo piano. E questa ha soltanto quello al terreno.

Le persiane verdi scolorite sono chiuse, forse perché, dato che danno proprio sul marciapiede, chi ci abita non vuol far vedere l'interno. Ma cosa ci sarà mai da rubare qui? Sarà per pudore. Anch'io chiuderei tutto se fossi sul letto a spararmi una sega, in culo alle tende.

Sento il rumore di un televisore. Deve esserci qualcuno in casa. Il campanello riporta i nomi

"Carlo Biagioni" e "Adele Ricchi." Di ricco ci dev'essere ben poco qui, ma di sicuro c'è qualche parente di Loris.

D'un tratto, succede una cosa che non mi sarei aspettato. Come spinto da un afflato di coraggio, anzi, di temerarietà, vedo il mio stesso dito che preme sul campanello. Così. Senza che il cervello mi dia un preavviso. O forse me ne ha dati fin troppi e il corpo non reagisce più agli stimoli della ragione.

Il volume del televisore si abbassa.

«Chi è?» mi rimanda una vocetta di donna.

Quasi quasi rispondo che sono Gloria, e che ho lasciato la patente sul tavolo accanto alla frutta, come *Il Piccolo Diavolo* di Benigni. E poi scappo manco fossi un dodicenne di ritorno dal cinema. Ma ho voluto la bicicletta...

«Mi chiamo Niccolò, io volevo...»

«No, no, la luce, l'acqua, il gasse... mi paga tutto la mi' figliola via Internette. Io 'un apro a nessuno.»

«Ma io...» Non sono un diavolo. Sono un imbecille. «Volevo parlare di Loris.»

Sento uno scatto, dalle orecchie al cuore, e si crea uno spiraglio fra la porta e lo stipite che mi lascia scorgere una signora anziana, con i capelli corti bianchi, parecchio ma parecchio sovrappeso, con una specie di pigiama estivo viola sdrucito e macchiato.

Mi guarda intensamente, con la bocca dischiusa, poi mi dondola un indice contro, aprendo un po' di più la porta. «Te sei il bimbo della Giuliana.» Giuliana era mia nonna. «Me l'aveva detto Marcello.» Marcello è il panaio.

Ecco. Lo sapevo. Mi lambicco il cervello per minuti, ore, giorni e finisce che tutti mi battono sul tempo, trovando da sé il modo per intavolare il discorso.

In ogni caso, quando smetto di essere invisibile, non devo avere proprio una faccia da gran brutto ceffo, perché mi invita a entrare, chiude la porta cercando di non far uscire un gatto soriano – è una persecuzione – e un cagnolino che pare un topo, e toglie dal ripiano del tavolo delle briciole col palmo della mano.

L'ambientino è molto raccolto. Si entra direttamente in una specie di salotto-cucina, con la tv ferma su un'immagine di *Il segreto*. Più in là c'è una porta. Si intravede un corridoio che presumo sbocchi sulle camere e il bagno. I mobili sono tutti scombinati, mangiucchiati, ma le trine all'uncinetto sparse ovunque e i soprammobili dipinti a motivi floreali danno personalità a un qualcosa che altrimenti sarebbe risultato freddo. Colore. Tanto colore. E questo mi piace, anche se è pacchiano. Mi fa venire in mente *Karma Chameleon* dei Culture Club. Con Boy George sì che mi ha fatto intrippare, la zia, sebbene fisicamente mi piacciano solo gli occhi. Certo, qui non siamo nel 1870, e nemmeno sul Mississippi, anche se quando ho guardato il videoclip ho pensato che quel fiume me lo immaginavo più grosso. Forse era una finta e stavano in Inghilterra? L'Arno in provincia, tra le frasche, non è mica tanto più piccino. Il mio bisnonno ci fa faceva il bagnino. Faccio le rime anch'io. Non ci sono neanche le donnine vestite da Principessa Sissi in mutande, né Boy George coi fiocchi tra i capelli che fa "Ciao, ciao" con la manina, però...

«E insomma ti sei preso a cuore il mi' bimbo» sbotta, dirigendosi verso il ripiano della cucina. «Ho fatto ora ora ora il caffè, ne vuoi un gocciolino?»

«No, grazie, io non...»

«Oh via, 'un fa' complimenti. Con la tu' nonna ho fatto tutto l'avviamento.» Poi gesticola ruotando su se stessa. «S'è imparato lì l'uncinetto.»

L'avviamento al lavoro doveva essere una specie di scuola per donne dei loro tempi, mi pare che me ne abbia parlato proprio la nonna. Sì, pure lei faceva l'uncinetto, prima di ammalarsi. Ma tu guarda quant'è piccolo il mondo... La mia nonna e la mamma di Loris a scuola insieme!

«È brava» butto lì, per carineria, anche se non me ne intendo un granché.

«Ma...» Si stringe nelle spalle, armeggiando sul ripiano della cucina per versare il caffè. «Si fa quel che si po'. Le mani 'un sono più ferme come una volta, però funzionano sempre.» Le tremano, mentre versa il caffè dalla moka alle tazzine, e la vedo ammattire per trovare due piattini. Vorrei dire che non importa, ma tanto lei mi risponderebbe con quella cosa dei complimenti. «Quanto zucchero ci vuoi?»

«Uno solo, grazie.»

Lei annuisce fra sé e sé, zucchera i caffè e porta le tazzine in tavola. Scombinate, una bianca e stondata e una a cono tutta colorata, ma coi piattini.

Mentre mi siedo, il cane-topo tenta di montarmi una caviglia. D'accordo, mi piacciono i cani, però quelli veri, al di là del Ferretti che dice: "Ma se sei gay come fanno a non garbarti i chihuahua?". Ovviamente è un maschio. Come se non bastasse, Adele lo indica con un palmo e fa una risatina guardandomi in maniera pseudo arguta, quasi a tirare lei stessa una battuta su tutta la faccenda in generale. Mi strania. Mi spiazza. Non ce la posso fare. Di sicuro dal panaio questa ha saputo persino il mio gruppo sanguigno. Che parliamo a fare adesso?

«Ma dimmi un po'ino, te stai bene? Sono altri tempi, però in televisione se ne sentono tante...» Sì, va dritta al sodo con l'ingenuità di una cinquenne. «Ti trattano male come il mi' bimbo?»

«No...» mugolo. «Da questo punto di vista non mi lamento.»

«A casa ci parli?»

«Uhm... sì... no... un po'.»

«Ma lo sanno?» Mi guarda con gli occhioni spalancati, facendo dei cenni affermativi con la testa, a cui rispondo come uno specchio. «Eh, vorrei anche vede'. Siamo nel dumiladiciassette ora. Anche alla televisione ce n'è tanti come voi.» Non posso sentirmi offeso. Mica lo fa apposta.

Ma chissà Loris... «Il mi' bimbo...» Sospira e scuote il capo, girando e rigirando il cucchiaino su cui fissa lo sguardo. «Ha patito tanto.»

Io invece fisso lei. Non ce la vedo proprio a essere l'indiziata numero tre. Manco con i merletti e l'arsenico di Agatha Christie.

Quindi posso bere il caffè.

«Chi erano quelli che lo trattavano male?»

«Uno gl'era...» Fa dei gesti con un palmo verso la porta, come se il tipo fosse là fuori. «Salciccia, lo chiamavano.» SalSiccia! Questa storpia in toscanaccio pure i nomi... «Ma mica perché gl'era il figliolo del macellaio, era più ciccione d'un maiale.» Cioè? Quello che è il macellaio ora? Gino? Del negozio all'angolo della mia via? Boia, manca poco facevo il terzo grado pure a lui l'altro giorno. Menomale che la Cristina mi ha mandato un messaggio e m'è passato, così non ho parlato a caso. Ma ora sì che glielo faccio. Ora glielo faccio proprio il terzo grado, appena ci ricapito. Con cognizione di causa, se non altro. «E un po' maiale gl'è davvero.» Ha detto una parolaccia? Stavolta non intendeva l'animale! «Faceva tanto il ganzo col mi' figliolo perché 'un voleva capi' che era in quella maniera anco lui.» Nella sua semplicità, questa donna è molto più intuitiva di quello che sembra. Peccato non lo sia stata quando ce n'era bisogno. «Lo sanno tutti che ora va co' travestiti sull'Aurelia. Quelli brasiliani che si vestono da donna e che c'hanno...» Si porta il fianco del palmo su un avambraccio, come a decretare la misura dell'arnese del viado in questione, e io annuisco senza riuscire a trattenere un risolino. Non per il viado, per carità, quanto per la signora. Mi vergogno per lei. Mi fa impressione che si chiami come una delle mie cantanti preferite. «È ciucco. È sempre stato un po' ciucco quello lì.» Indiziato numero quattro. «E poi c'era il Pistola.» Cinque. «Ma lì il Signore m'ha voluto bene, perché gli ha dato quel che si meritava. S'è mangiato tutto il cervello con le droghe, 'un è più tanto normale.» Tentenna il capo. «Oddio, 'un l'è mai stato. Però il Comune ora gli ha dato da fa' questi lavori so... so... utili, insomma. Porta via la spazzatura, queste cose qui. Ma ci si dovrebbe butta' dentro anco lui, te lo di'o io, perché mi sa che dalla robaccia 'un è mai venuto via, fa l'imbecille con l'ultrà, è sempre bria'o. O che ci sta a fa' nel mondo la gente così? 'un ci poteva sta' il mi' figliolo?»

Eh...

«Ma indagarono bene? Siamo sicuri che non c'entrino qualcosa loro?»

Lei mi scruta in silenzio, accigliata, poi sembra capire. «O che ti viene da pensa', nini? Sei come quelli che fanno i poliziotti in televisione?» Questa donna vive nella televisione. Un po' come me. Mi sta simpatica. Anche se è brutta, e vecchia, e mentre mi fissa mi domando cosa ci sia su quella faccia che mi aiuti a raffigurarmi Loris, se era così bellino come dice la zia. Nel suo silenzio stralunato, mi verrebbe da chiederle della faccenda della foto, come mai al cimitero non c'è, ma mi sembra esagerato e indelicato. Metti che davvero non ne avevano di decenti o vattelappesca perché. Così continuo a stare zitto. Sai la novità. «Ah, magari, sarebbe bello.» Cioè? «E invece, oltre a dove' sopravvive' al mi' figliolo, devo anche vive' col rimorso d'un ave' capito che voleva arriva' a quel punto.» Mi si stringe il cuore. Aiuto. «Io sono ignorante, ma gli ho voluto tanto bene. E anche il su' babbo, pace all'anima sua, 'un gli ha mai voluto male.» Qui siamo già più sulla litote. «Ma sai, col senno di poi si farebbero tant'altre cose. Anche quando me lo picchiavano...» Cristo! Se penso che il mio problema invece è dove andare in giro la sera e trovarmi compagnie meno etero... «Una volta mi tornò a casa che piangeva. C'aveva tutti i lividi su una gamba e su un braccio. Io glielo dissi al mi' marito che forse era il caso di parla' coi babbi e le mamme di quei figlioli, però lui 'un era tanto leone, e pigliò per i colletti i figlioli per fargli la ramanzina.» Sbatte i palmi l'uno contro l'altro e mi fa saltare sulla sedia. «Quanto s'arrabbiò Loris... "Così ora è peggio! Così ora è peggio!" diceva.» Eh, per forza. E quindi? Sono stati loro? «L'ultimi tempi stava sempre zitto, chiuso in camera sua, a volte 'un faceva entra' manco la su' sorella. Lo dovevo capi', ma io sono ignorante.» Lo abbiamo assimilato. «Ora 'un ci posso fa' più nulla.» Fare riaprire le indagini? No?

«Ma i testimoni...» Abbasso la voce, nel tentativo di infondere un tono più diplomatico alla mia domanda, anche se non ci riesco. «Insomma, chi ha visto il fatto... chi c'era lì?»

«Eh, loro.» Come loro? Salsiccia e il Pistola? E possibile che non c'entrino nulla? No, non ci posso credere che gliel'abbiano fatta passare liscia così. Non può essere stata una coincidenza. «Un altro bimbo che gli garbava tanto che ora è Professore.» Bruno. «E un altro paio di vecchi di qui che passavano coi canini. Ora son morti.»

«E che ci facevano proprio lì?» Incredibile. «Lo stavano picchiando?»

«No, erano per conto loro sull'argine più in là, giocavano con la palla. Dissero i vecchi che Loris gli andò a dire qualcosa a tutti e tre.» Cioè? Bruno era con Salsiccia e il Pistola? Questa poi... «E dopo prese la via da sé, e se n'andò verso il passaggio a livello. I vecchi erano già più avanti e sentirono il fischio del treno, poi piano piano si frenò.» Quindi nessuno ha visto il momento esatto? «Quelli con la palla 'un ce la facevano a spingerlo come pensi te che fai il poliziotto alla televisione. Il mi' bimbo s'è buttato perché 'un ne poteva più.» Ma non è detto che... «'un m'è riuscito andarlo a guarda'. Mi disse il mi' marito che avevo fatto bene perché 'un si riconosceva, avevano rimesso insieme tutti i pezzi.» Il caffè mi torna alla gola. Povera donna. «Il prete 'un gli voleva fa' manco il funerale, perché 'un ha aspettato che fosse il Signore a decide' quand'era il momento. Poi zitto zitto me l'ha fatto.» Dondola il capo. Eh, magari con una cospicua offerta... «Ma 'un ci pensiamo più» sbotta, alzandosi da tavola e riponendo le tazzine nell'acquaio. «Vieni che ti faccio vede' la casa.»

Cioè, questa mi dice certe cose e poi vuol farmi vedere la casa? Mi gira la testa. Non ci credo. Non credo a lei che mi invita nel corridoio e non credo ai vecchi coi canini che hanno visto la scena solo dopo la botta. Ma tanto son morti pure loro. Che posso farci? Devo provare a parlare con Salsiccia e il Pistola, dovessi mettermi nei casini, ma il fatto che Bruno fosse con loro e non con Loris mi destabilizza. Mi fa rivoltare tutte le carte in tavola, anche se ancora non ho ben capito di quali carte si tratti. Se non altro il topo di casa si è calmato, e neanche mi viene dietro. Sta mordendo qualcosa di viola e gommoso su un cuscino per terra, nei pressi della porta d'ingresso.

Così osservo stralunato una camera buia e umida, un bagno striminzito verdolino e un'altra cameretta con due letti gemelli. «Questa era la camera di Loris e dell'altra mi' figliola, Marianna. Fa la parrucchiera, mi s'è separata.» Toh! Allora una parrucchiera in famiglia c'è. Marianna... Marianna... Sarà mica quella dove va la zia Elena? Me lo poteva precisare quando mi ha detto che ogni tanto la vede! Ora mi faccio prendere un appuntamento e ci vado con lei... Forse è per questo che non me l'ha detto. Mi conosce troppo bene. «Qui ci son stati tanto i mi' nipoti, sicché negli anni la stanza è cambiata, tante cose di Loris le hanno prese loro. I vestiti li ho dati alla San Vincenzo.» Ah, i vestiti fucsia non li hanno presi loro. Guarda un po'. «Però ti voglio da' una cosa.» Che fa? Apre l'anta di un armadio, tira fuori un'enorme scatola di cartone che alza un sentore di muffa, l'abbraccia e me la porge. «Ci son dei libri, dei dischi, mi pare, e altra roba vecchia che i mi' nipoti 'un sanno nemmeno come si usa.» Figuriamoci io... «La chitarra di legno se la son presa loro.» Si vestiva new romantic e poi invece delle tastiere elettroniche suonava la chitarra acustica? «Magari te ci trovi qualcosa che ti serve.»

«Ma no, signora, non posso.» Sono imbarazzato. Non me la sento di portare via della roba di Loris a cui la sua mamma sarà di sicuro attaccata. Eppure me la sta cedendo, e dentro ci potrebbe essere qualche indizio, particolari che mi aiuterebbero a far luce sulla vicenda e che lei non è in grado di decifrare. No, dai, mi dispiace. «Non voglio che...»

«O via!» dice lei, catapultandomi in braccio la scatola. «Io son più contenta se la pigli te. Mi sembra che il mi' bimbo possa rinvivi' un po'ino grazie a te.» Si stringe nelle spalle. «Che poi ci sarà della roba che 'un funziona più, però qualcosa ti po' sempre garba'.»

Che faccio? La prendo o non la prendo? Proprio a me! Quello con la fissa delle scatole piene di roba vecchia. La tentazione è forte. E lei si è già incamminata verso la cucina.

«Io la ringrazio, ma...»

«Sei con la macchina?»

«No, a piedi.»

«Tanto 'un è pesa, vero?»

«Non è questo il problema.»

«E allora pigliatela, no?» quasi urla con fare ovvio.

Via, basta, me la piglio davvero e me la porto via. Mica per altro, sono troppo curioso di sapere che c'è dentro, e sarà già tanto se non mi fermerò per strada per aprirla.

Quando Adele mi accompagna sulla porta, mi batte una pacca su una spalla come se mi conoscesse da una vita. «Se poi ti capita di rifarmi una visitina, mi trovi sempre qui.» Allarga le braccia e gli occhi. «A parte la mattina quando faccio la spesa e se c'ho qualche appuntamento dai dottori.» Poi sorride, un po' sdentata. «Non m'hai nemmeno detto se lavori o vai a scuola.»

Ci siamo.

«Ho fatto ora la maturità.»

«Obbravo!» Altra pacca sulla spalla. «Come il mi' figliolo quando se n'andò.» Non posso toccarmi perché ho la scatola in braccio. Peggio del Buon Pastore, questa. «Fai a modino, fai!» si sgola, mentre già mi allontano.

Ma le voglio quasi bene.

Non mi ha neanche chiesto a quale facoltà andrò.

05. YOU SPIN ME ROUND (Like a Record)

Salgo i gradini del palazzo e fiuto un odore di cipolla che appesta tutte le scale. Tuttavia non sembrano i senegalesi con la pecora. Entro quindi in casa con la speranza che la mamma abbia fatto la salsa di ciccia. Per prima cosa, comunque, appoggio lo scatolone per terra in camera mia, così evito interrogatori; poi faccio il corridoio domandandomi quando potrò curiosare con calma tra la roba di Loris, perché vorrei mettermici adesso, ma devo perlomeno farmi vedere.

La mamma è lì ai fornelli, con i capelli corti tinti di rosso, non quanto quelli di Loris, forse, ma di certo il castano ordinario non l'ho preso solo dal babbo, che ora ce li ha un po' grigini e sta in poltrona a guardare lo sport. A quest'ora è già rientrato dal lavoro, ha fatto la doccia, e partiranno tutti e due con la paternale perché sto sempre a giro invece di pensare all'Università del Mistero.

«Babbo vuole la pasta anche a cena, stasera» fa lei, strofinandosi il grembiule verde con i porcellini rosa. Secondo me li ha scambiati per fiorellini, quando se lo è preso dai cinesi. Io mi offro spesso di aiutarla, per imparare, dato che non la vedo come nei film in bianco e nero, ma lei diventa isterica quando qualcuno mette mano alla cucina al posto suo. Conosce a menadito la collocazione di ogni inutile oggetto e non vuole che si tocchino le sue cose per pratiche a cui per principio è addetta solo lei. «Era tanto che non facevo la salsa.» Sì, lo so. In più, so che quell'altro continuerà a guardare la tv come se fosse assente.

«Cos'è questa storia che fai Poirot?» dice invece, pronunciando il nome del celebre investigatore così come si scrive. Oggi è la seconda volta che mi fanno pensare ad Agatha Christie. Deve essere un segnale pure questo. Anche se non ci credo. Ma devo guardare nello scatolone il prima possibile.

Non so cosa rispondere.

«Pasta corta o lunga?» interloquisce la mamma. Stavolta per fortuna è lei che fa finta di nulla.

Continuo a non rispondere e faccio scegliere lui, per falsa cortesia.

«Fischiotti» risponde perentorio, quasi fosse un oratore. Non so, come se avesse detto qualcosa di interessantissimo.

Me ne vado. Basta. Me ne vado. Devo aprire la scatola. Li sento mugugnare qualcosa fra loro, forse una delle solite storie del tipo "Ha preso tutto dalla Elena" – Uh! Io posso dire male quanto mi pare della zia, basta che non me la tocchi qualcun altro – ma non mi urlano né insistono, così mi chiudo dentro camera mia, anche se fa un caldo boia e devo accendere il ventilatore.

Mi fiondo sul cartone per scoprire cosa contiene e vedo un sacco di roba ammucchiata, che all'inizio non distinguo del tutto.

Tiro fuori un libro. È *La morte a Venezia* di Thomas Mann. Siamo in tema. In confronto alla mia situazione, è il contrario. Già ce l'avevo, ma questa è una vecchia edizione molto carina. Inoltre mi viene in mente che tutto parte da una passeggiata in solitario al cimitero, con il protagonista inquieto alla ricerca di slancio creativo. Ricordo le suggestioni iniziali sul desiderio di evadere, la smania, l'ansia di liberarsi, di infrangere le catene. Incontentabilità. La mia perenne insoddisfazione.

Provo a sfogliarlo, però non ci sono scritte, nessuna sottolineatura, solo qualche becca negli angoli qua e là, e la carta sa parecchio di muffa. Poi c'è *Carrie* di Stephen King. Anche qui nulla di nulla. Ma magari Loris avesse usato la telecinesi per punire tutti quelli che lo prendevano in giro... Di libri ce n'è un altro, per quanto piccolino pure questo. Suppongo che il caro estinto non sia stato un tipo da *Il signore degli anelli*. È *Siddharta* di Hermann Hesse. Mi sa che Loris era un po' fricchettone. Nato nel '68, piccolo nei Settanta, si è beccato in pieno le manfrine filosofico-orientaleggianti di quei tempi. Oppure era tante cose insieme. Vedi il look new romantic e la chitarra acustica che ci sta, ma stonata. Forse esagerava, dato il soggetto e i tempi. Io avrei tenuto un profilo più basso. Ma chi gli avesse suggerito una cosa simile sarebbe stato come quelli che dicono alle donne in minigonna che istigano alla violenza.

Boh... prima o poi lo leggerò. Intanto, di scritto a mano, c'è solo una frase sulla prima pagina: "Natale 1984. Tanti auguri! Marianna." La sorella! Devo chiamare la zia per un appuntamento dalla parrucchiera. Voglio fare troppe cose tutte insieme. Mi gira il capo. C'è pure una videocassetta. So cos'è. La zia ne ha una nella libreria chilometrica, col matrimonio di babbo e mamma, ma dice che si è smagnetizzata e con una sua amica dovrebbe passarla al pc per capire cosa potrebbe recuperare. Prima o poi dobbiamo riuscirci. Non fosse altro che per guardarlo almeno una volta in vita mia, dato che non hanno più l'apparecchio con cui si poteva utilizzare. Qui, sull'etichetta, c'è scritto "Festivalbar 1986." Ho visto le repliche su Extra, ma sarebbe stato bello gustarsi puntate così vecchie registrate all'epoca.

Le audiocassette non sono di musica famosa come quella che mi fa sentire la zia. Sono perlopiù compilation, mix fatti a mano registrati alla radio, a quanto leggo dalle etichette un po' scolorite. Ci sono degli album completi: *The Age of Consent*, Bronski Beat; *Here's to Future Days*, Thompson Twins; *Youthquake*, Dead or Alive. Boh... non mi viene in mente nulla, così accendo il pc, perché magari mi vado ad ascoltare qualcosa su YouTube.

Mentre aspetto che il computer si avvii, curioso ancora. C'è un aggeggio che pare una scatolina di plastica con sopra strani bottoni; una specie di passata con i paraorecchie che sembra una cuffia, tipo quelle che a volte si vedono nei reality show, però più piccola. Forse serviva da auricolare per questo aggeggio. Uno Swatch di gomma, che in origine doveva essere viola, ma che la funga ha ricoperto di macchie grigio-verdi. Muffa. Puzzo di muffa. Nessun biglietto. Nessuna lettera. Niente foto. Ma proprio niente di niente che mi aiuti a scoprire più di quanto già so.

Toh! Pigliamo l'ultima cassetta, il pc si è acceso. Il cantante di questi Dead or Alive, a vedere dalla copertina, pare più androgino di Boy George. Googlo un po' e... è morto. Eccoci. Tutta allegra questa storia. Così apro pure YouTube, mentre visualizzo immagini e leggo la biografia travagliata di questo tizio che si è fatto più plastiche di Donatella Versace. Ostenta tantissimo, nel videoclip del primo brano dell'album, *You Spin Me Round (Like a Record)*. Video trashissimo che più trashissimo non si può – in senso buono – con kimono, toppino da pirata e cofana di capelli laccata. Meraviglia. Già lo amo. So che il ritornello mi rimarrà nelle orecchie per tutta la notte. Sì, mi pare di averlo già sentito, ora che ci penso. Il canale Vevo riporta decine di milioni di visualizzazioni, che non è poco per un pezzo del genere che non è stato certo caricato come novità di massa su cui buttarsi. E cerco, guardo, in multitasking.

Voglio fare troppe cose tutte insieme, il pc è vecchio e lassù fra parentesi mi dice: "Non risponde", "Non risponde", che rabbia! E mi gira la testa, come un vinile, come la canzone. Ohiohi...

Forse faccio in tempo a chiamare la zia prima di cena.

Non risponde. Come il pc. E in verità non so nemmeno cosa dirle. Anzi, penso che si arrabbierà tantissimo quando scoprirà che sono stato a casa della mamma di Loris. Ieri si è infuriata parecchio quando le ho parlato dell'incontro con Bruno e del fatto che lui ha capito che lei mi ha spifferato e bla, bla, bla. Però ci raccontiamo sempre tutto e mi sarei sentito in colpa a non farlo. Così le devo assolutamente dire anche quello che sto facendo adesso. Potrei sfogarmi con Gionata o la Cristina, ma non mi danno più tanta soddisfazione quando parlo di questo argomento. Passato il primo momento, il loro entusiasmo è scemato. E poi con la Cristina siamo già d'accordo di trovarci domani sera, non voglio assillarla troppo.

Mi richiama la zia.

«Stavo parcheggiando.» Non ha il servosterzo e la sosta al millimetro lungo la strada è un macello. «Che mi racconti?»

Glielo racconto. E ovviamente lei sbotta in una serie di sillabe sconclusionate con una voce che manco la Cipollari quando dà in escandescenza. Però in pisano.

«Guarda che lei è stata carinissima e mi ha detto che sua figlia Marianna fa la parrucchiera» butto lì, facendo finta che non c'entri una pippa.

«Non è quella dove vai tu?» La miglior difesa è fare il risentito isterico io. «Perché quando mi hai detto che ogni tanto la vedi non hai specificato che si tratta della sorella di Loris?»

«Ma lì per lì non ci ho neanche pensato» risponde la bugiarda con fare annoiato. «È roba di tanto tempo fa, non ci faccio caso nemmeno quando ci vado.» Forse è vero.

«E quando ci vai?»

«Dopodomani.»

«A che ora?»

«No, aspetta, non vorrai...»

«Non farà mica distinzioni gender? Una rasatina con la macchinetta la saprà fare pure lei, anche se arrivo all'ultimo momento, no? Non è un salone tipo quello di *Il bello delle donne*, che via vai avrà mai?» L'isteria può funzionare, sì.

«Ma perché?» Anche lei non è calmissima. «Devi smetterla con questa fissa. Tanto non ti permetterei di aprire bocca.»

«E difatti non l'aprirò. Voglio solo guardarla per vedere se magari lei potrebbe somigliargli di più di quella bruttona della mamma, che però è simpatica» aggiungo, per non sentirmi antipatico io. E poi è vero. Questo senza "forse."

«Se magari lei potrebbe somigliargli?» scandisce, lenta. Lentissima. È tanto strano? «Tu ti stai fasciando la testa per una cazzata» sentenzia, acida. «È come quando gli insegnanti si allarmano perché una mamma è all'ospedale e dopo qualche giorno torna con la bocca gonfiata, le cosce snellite, la pelle stirata...» Che c'entra?

«Ti fai i film per nulla.» Sì, vabbe'. «Come quando la gente vuol dimostrare a tutti i costi che qualche cantante o attore famoso non si è suicidato ma l'hanno assassinato, perché non riesce ad accettare che la vita per qualcuno possa andare così. Ma, per quanto fosse circondata da politici e ne siano state dette di tutti i colori, Marilyn si è ammazzata coi barbiturici, che il mondo se ne faccia una ragione!» Mi sta battendo. «E in quella scatola che ti ha dato Adele non c'è una foto?»

«No.» E poi cambia discorso? Torna di botto a "Se magari lei potrebbe somigliargli"? Le dico così della videocassetta del Festivalbar, di Thomas Mann e di Hermann Hesse. «Una minuscola spada fucsia spezzata con un gancio dietro» vado avanti, rovistando un altro po'.

«Era un orecchino, si infilava al lobo senza bisogno di buchi e sembrava lo trafiggesse.»

Non voglio provare. Voglio provare. Non voglio provare.

«E poi c'è un aggeggio di plastica rettangolare con degli strani pulsanti. Tutto intorno ho trovato una specie di cuffia.»

«Un walkman!» sbotta felice e contenta. «Serviva per ascoltarci le musicassette. Se apri lo sportello, vedi che c'entrano.»

«E il caricabatteria?»

«Andava a pile.» Ride. Gne. Gne. Gne.

«Sento il babbo se ne ha, giusto per provarlo, tanto sto già cercando le canzoni su YouTube.»

Non si entusiasma quando nomino i Dead or Alive e i Thompson Twins, però mi dice di guardare il videoclip di *Smalltown Boy* dei Bronski Beat.

Lo farò dopo cena. Ora mi stanno chiamando. Così la saluto trafelato e mi appresto a sorbirmi una cosa buona e una brutta, rispettivamente la salsa di ciccia e loro che aprono bocca solo per mangiare, con lo sguardo fisso su qualche ministro incompetente che passa al tg. Non troppo brutta questa cosa, visto che non rammentano Poirot.

Giusto qualche minuto di presenza mentre babbo fuma una sigaretta dopo il caffè, poi mi eclisso nella mia dimensione a loro estranea, per guardare il videoclip consigliatomi dalla zia. Da qui a dopodomani le strappo l'orario e il beneplacito. Mica per niente, secondo me è curiosa pure lei. Basta che io le prometta di nuovo che starò zitto. E poi c'è sempre la speranza che Marianna faccia come gli altri e che parli per prima. Vai a sapere se la mamma le ha parlato della mia visita e fra una cosa e un'altra capisce da sé chi sono.

Forse prima il pc stava caricando qualche aggiornamento a mia insaputa, perché adesso pare che si pianti meno. Non credo che questo videoclip mi fornisca indizi particolari, sennò la zia sarebbe stata insinuante, e in generale sono deluso dal contenuto della scatola. Mi aspettavo di più.

Per carità! Grazie alla signora Adele che mi ha regalato questa roba, ma io fantasticavo di trovarci dentro qualcosa che mi avrebbe aiutato a svelare il mistero della morte di Loris.

Ecco, è solo per le rotaie del treno di partenza che la zia mi ha detto di guardare questo video. Un ribadire che Loris ci si è buttato. Però il pezzo mi garba parecchio quando partono le tastiere, anche questo l'ho già sentito, e se non lo ricordo bene e voglio andare avanti è perché immagino che questo tizio tristissimo sul treno stia per narrarmi qualcosa. Ho il sospetto che sia dei nostri, sicché metto in pausa e riparto col multitasking, che stavolta risponde. Sì, *The Age of Consent*, il titolo dell'album, era riferito all'età del consenso sessuale che in Inghilterra all'epoca per i gay era più elevata rispetto a quella degli etero. Ora sono curioso di far ripartire il video. Il ragazzo pensa. Come me. Scene che ancora non capisco. E, mentre canta in falsetto, passano le immagini di lui che prende un sacco di treni da solo – succederà così anche a me quando andrò all'università? – e mangia un panino, da solo pure quello. Poi mangia con i suoi, a colazione, ma è solo lo stesso. Sono un po' grigini, come i miei. E grigie sono pure le foto di lui bambino. Vorrei avere una foto di Loris.

La scena cambia e ci troviamo in piscina. Il ragazzo si mangia con gli occhi un tipo che sembra gli rivolga un sorriso ammiccante, ma poi negli spogliatoi lo guarda male. Non mi piace per niente. Anche perché il ritornello di sottofondo ripete in continuazione di scappare e non promette nulla di buono. Difatti la sera, fuori da un bar, il tipo e i suoi amici lo pestano, così un poliziotto lo riporta a casa tutto pieno di lividi. Indovina indovinello? Il babbo si arrabbia con lui. Peggio di quello di Loris, che non era leone, ma perlomeno pigliò per il colletto Salsiccia e il Pistola.

Tristissimo... se ne va di casa con una borsina ina ina. Però la mamma sta di merda e anche il babbo lo saluta meno arrabbiato, dandogli dei soldi. Dove va? Manco a dirlo: sul treno di partenza. Che finale orrendo! Ma no, ecco che arrivano i suoi amici. Devono essere gli altri membri della band e ci fanno capire che stavolta non sarà solo. Adesso lui divide il pasto con loro. Non è più solo sul treno e non è più solo nemmeno a mangiare. Vorrei che capitasse anche a me. Vorrei che fosse capitato anche Loris, sopra al treno, non sotto. Bello. Bello. Finisce così bene che mi viene da piangere più che se fosse finito male. Quando scendono dal treno ridono tutti contenti e l'inquadratura si stoppa su uno di loro che indica una strada. Vorrei che la indicasse pure a me.

Allora mi perdo sulle lyrics di questo ragazzo solo e triste sulla banchina della stazione che parte con la sua valigetta, con la mamma che non può capire, le risposte che non si troveranno mai a casa, così come l'amore di cui ha bisogno. E, a poco a poco, tutto nel testo trascolora in Loris, disprezzato e discriminato, sempre solo, quello di cui sparlavano in paese.

È la prima volta che sento davvero un pezzo di Loris. Io sono stato fortunato e, per quanto la faccenda non sia semplice, penso che a quel tempo sarebbe stato più difficile, soprattutto per un tipo strambo come lui.

Ma cos'altro dovrebbe dirmi questo video, secondo la zia? Di nuovo, non è un indizio riguardo la morte di Loris. Così glielo dico su Whatsapp e lei mi risponde subito: "È un indizio sulla vita TUA."

Cioè... lei è ottimista col mondo intero tranne che con sé. Siamo tutti bravi così. Ma che vuol dire? Si riferisce alla storia di Pisa? Al treno? O dovrei fare un giro alla piscina comunale?

Sono sempre più confuso e, nonostante il pezzo appena ascoltato sia bellissimo, mi torna a girare nelle orecchie quello dei Dead or Alive.

Forse dovrei spegnere tutto, andare a letto e rilassarmi per l'intera giornata di domani, senza pensarci più. Poi domani sera esco con la Cristina e mi svago. Staccare la spina. Disattivare questa fissazione. Sembra facile, eh?

Ha ragione la zia.

Devo smetterla.

Magari solo per un po'.

E poi posso sempre leggermi *Siddharta*.

06.KING FOR A DAY

Ieri sera ho fatto un giro in centro con la Cristina, come eravamo rimasti d'accordo. Il suo ragazzo doveva studiare per un esame, così era libera di uscire con me. Lui fa Economia e Commercio. Porca puttana 'sta Matematica... Niente di che, giusto due passi, perché il giovedì aprono i negozi anche di sera, poi c'era qualche gruppetto che suonava. Cioè, più che altro erano tizi sparsi a qualche angolo che, con una chitarra acustica, facevano cover come a un piano bar, solo senza il piano. Forse pure Loris intendeva la faccenda così. Vai a sapere.

Gira che ti rigira, il pezzo migliore è stato il trancio di pizza rituale accompagnato da qualche fetta di cecina. La pizza pisana non è del tipo 'materasso' né del tipo 'sottiletta'. Diciamo che è una via di mezzo, soprattutto per la crosta, che non è alta e soffice come nella napoletana, ma croccante e profumata di legno d'ulivo, seppur larga; né al centro è finissima come la tipica pizza da piatto. Non ci deve essere la mozzarella, ma solo pomodoro, capperi e acciughe. Non pasta, eh, acciughe-acciughe. Tutt'al più qualcuno mette il parmigiano al posto della mozzarella, ma allora che pisana è? È da taglio, da mangiarsi con le mani come la cecina, o 'torta', come dicono i livornesi e i vecchi che quando arrivano al banco dai ragazzi tipo me devono spiegare per due ore che non vogliono un dolce... ma quante volte avrò mugugnato alla mamma di non fare così? Già litighiamo coi genovesi da secoli e secoli per la farinata... Ma vai a sapere ai tempi delle Repubbliche Marinare a chi cascò per primo l'acqua sulla farina di ceci. Ogni leggenda, quest'acqua, la tira al suo mulino.

Acqua... Ovviamente non ho murato a secco e ho bevuto un po' di birra, non la spumina bionda che ci accompagno di solito a merenda, e quando trinco divento logorroico più del solito, così ho fatto alla Cristina il riassunto delle puntate precedenti. Altro che svagarmi... Ma non credo di averla assillata troppo. Anche lei era brilla e mi rispondeva tutta interessata, ridendo ogni tanto senza motivo con quella boccona che la fa assomigliare a Julia Roberts, sebbene non sia né così alta, né così secca. Con quella boccona qualche bacio anni fa lo abbiamo sperimentato, ma giusto in amicizia, per vedere come si faceva. Poi lei ha corso la cavallina – crocerossina, lei, ha scelto bene l'Uni! – ora ha il ragazzo e io sono ancora qui, sull'argine.

Un posto a caso. Non mi sono sbronzato così tanto da star male stamattina, e potevo anche rimanermene a letto, però ho parecchia adrenalina addosso e avevo bisogno di respirare all'aria aperta.

Fino al sottopasso. Ancora a caso. Tuttavia mi guardo intorno disorientato, pensando a come poteva essere il paesaggio trent'anni fa. Dovrei chiederlo a qualcuno? Perché, mira e rimira, spiazzi per giocare a pallone non ce ne sono, oppure sì, ma non vicinissimi, e questo avvalorerebbe la tesi ufficiale. Cosa che non mi convince.

I passaggi a livello sono spariti quasi tutti; negli anni li hanno sostituiti con sopraelevate o sottopassaggi, e quindi ora non riesco a capire bene il percorso che può aver fatto Loris. Sarà importante? Dovrei spulciare qualche vecchio almanacco in biblioteca per cercare fotografie della città prima dei cambiamenti? Non ci capisco più niente. Non so che fare.

Così mi siedo su una panchina, all'ombra di un pioppo, che di questi tempi per fortuna ha smesso di spelacchiare.

Poi sono riuscito a strappare alla zia l'appuntamento dalla parrucchiera. Ci troviamo direttamente là verso le quattro. Dovrò prendere un autobus perché il quartiere non è a due passi, e io in genere preferisco camminare... problema relativo alla futura automobile a parte. Per questo non ho manco una biciletta o un Vespino. Visto che babbo fa gli scooter, sarebbe da riesumare quel proverbio che diceva la nonna sulla casa del calzolaio dove ci sono sempre le scarpe rotte. Ma in fondo qui più o meno tutti quelli che hanno un lavoro sicuro fanno scooter e, del resto, non avrebbe nemmeno senso lottare per averlo in una cittadina che si può attraversare per intero in mezz'ora, dato che oltretutto non lo bramo. Non sono mica come quei genitori asfissianti che vanno a prendere i figli diciottenni a scuola in auto anche se abitano trecento metri più in là.

Ho infilato della roba di Loris nello zaino, in previsione dell'incontro di oggi pomeriggio, ma ho promesso alla zia che non aprirò bocca in relazione all'argomento in voga.

Però se tirassi fuori, sempre per caso, il walkman, magari Marianna lo riconoscerebbe e l'aiuterei a entrare nell'argomento senza infrangere la promessa. Non porterò il libro che gli regalò lei. Non vorrei che in un momento di amarcord pensasse che glielo voglio ridare. Devo studiarci sopra ancora un po', perché gli indizi per il momento mi sembra che valgano meno di zero.

Mi sono fatto un elenco di canzoni delle musicassette di Loris che voglio ascoltare e mi metto col cellulare e l'auricolare bello comodo, sdraiato sulla panchina. Tanto più in là ci sono un tipo e una tipa che sflanellano e mi mettono in depressione.

Già da ieri in giornata ho staccato la spina – si fa per dire – proprio grazie alle canzoni. E poi ho finito *Siddharta*, fra la sera prima e la giornata dopo. Tanto è breve. Bello, eh, un classico, però sorpassatino, ecco. E poi gira e rigira sui concetti facendo finta di dire cose che alla fine non dice, e viceversa non dice cose che sembra dire, tipo... l'amicizia sviscerata di 'sto Govinda per Siddharta a me pare tutta un'altra cosa, via. Mi ha colpito più che altro il punto in cui si parla di suicidio. L'idea che lo abbia letto anche Loris, soprattutto. E se questo personaggio, in quel momento, ha scelto un'altra strada, non riesco a credere che non lo abbia fatto pure Loris.

Qui, con l'argine da una parte e il fiume dall'altra, medito sul suicidio di Siddharta e sull'omicidio di Loris. Il primo ha pensato di trovare la pace nella distruzione del proprio corpo, ma si è risvegliato dall'intento grazie alla preghiera. Io non credo in queste cose. Secondo me non ci credeva nemmeno Loris. Per Hesse sarebbe quello, che risveglia? No, è tutta una metafora tra sonno e veglia, vita e morte, bla, bla, bla. Il divino con me non attacca, né quello di Loris è stato un suicidio. Siddharta non ha capito – e forse manco Hesse – che tutto si risolve perché è un amico a vegliare su questo sonno. Loris non aveva un amico, neanche Bruno lo era, in definitiva; Loris aveva solo nemici. Io a ben vedere non sono così solo, anche se a volte lo penso. E c'è il caso che somigli più a Siddharta che a Loris: come lui, sono una persona inquieta che cerca la verità, forse soltanto per arrivare alla consapevolezza di me stesso.

In realtà, l'unica proposizione delle *Upanishad* che condivido è "La vita è dolore", ma a me m'importa 'na sega di annientare il desiderio e la brama di vivere... che gusto ci sarebbe?

Fanculo al nirvana! Namasté, alé!

Davvero il fiume parla con tutte le voci del mondo? Mi dicesse se è arrivato a vedere qualcosa quel giorno... Ma no, poi scatterebbe la filosofia del "tutto scorre", non è mai lo stesso fiume. Eppure Siddharta dice che quando qualcuno cerca, succede che perda la facoltà di vedere il resto, di conseguenza può sfuggirgli qualcosa. In pratica, posseduto dal mio scopo, rischio di non vedere ciò che ho davanti agli occhi. Qualche indizio nascosto?

Vai a fidarti di questo Siddharta... dice anche di diffidare di dottrine e maestri e poi segue dottrine e maestri per tutta la vita. Per lui il tempo non esiste, non è reale, tutto è falso e tutto è vero, e tutte quelle cose scontatissime che Bruno ci ha insegnato sugli antichi. Quindi Loris si è suicidato e lo hanno ammazzato? Tutte e due le cose insieme? Del concreto questo asceta non sa una pippa. Il bianco non è nero, e il nero non è bianco, oh! Il tempo è reale. Siamo nel 2017, e pure nel 1987 avrebbero potuto essere un po' più svegli.

Sarà che l'anima di Loris è trasmigrata in me alla mia nascita col samsara? Si saranno scordati di darmi la puntura come a Robert Downey Jr.? Io adesso sto conducendo una vita più noiosa, ma anche meno incasinata, e gli sto rendendo giustizia, reincarnato in lui. Non credo che Buddha sia d'accordo con quello che sto facendo, lui era più inattivo di me, però magari è per questo che mi garba Bruno e... Ma che cazzate fanno pensare i libri fricchettoni? Peccato, perché i romanzi di oggi sono più vuoti. Non ti fanno porre domande. Tutto si disperde e si dimentica. Ormai chiunque scrive libri, e paradossalmente si fa prima a svagarsi con altri mezzi.

No, non mi sento nemmeno poeta. Sono troppo razionale per farlo, per quanto non abbastanza da scegliere Medicina o Farmacia, temo.

Potrei quindi svagarmi con altri mezzi.

Vai con *Here's to Future Days* dei Thompson Twins! Voglio sentirmi *King For A Day*, in culo a tutti. Apro il video.

Siamo in un albergo... No, lei che appare tutta vestita di pizzo nero col nastro rosso nei capelli e scrive al computer in DOS è già diva. Un tavolo che passa col cameriere senza testa? Parecchio surreale, però mi prende. Lui... capelli tinti rosso rame. Non somiglia tanto all'idea che mi sono fatto di Loris, ma, sebbene non sia bello bellissimo, è carino carinissimo. E che cazzo di tagli si facevano? Mi sento già in colpa io stesso per il fatto che pigliavano in giro Loris. Quanti discorsi si potrebbero fare? No, oh, il bassista di colore è un fi'o che porta via anche se c'ha i rasta, le treccine o quel che sono. Multitasking: mezzo irlandese e mezzo nigeriano. FA-VO-LO-SO! Lo voglio anch'io questo qui che mi butta un bacio mentre mi manda lo spumante con la camicia gialla, la giacca azzurra con le frange, i pantaloni attillati e i texani... o camperos, quel che cavolo erano. Ma perché Maria ci dà Gigi D'Alessio?

Stoppo, perché l'albergo mi ha fatto venire in mente la news sulla Casa Vacanze in Calabria che non accetta né gay né animali. Ma ci rendiamo conto? Eppure, evidentemente, gli affittuari sono animali, e ci possono entrare. Anzi, più che trogloditi come si sono autodefiniti nella loro strabiliante ignoranza, sono dei benemeriti stronzi. Che poi animali siamo tutti, no?

Faccio ripartire il video, mentre le parole insistono sul bisogno d'amore, alla faccia dei tipi della Casa Vacanze, e il finale con gli uomini vestiti da suora mi conquista in maniera definitiva.

Lancio un'occhiataccia invidiosa ai due che sflanellano. Fra l'altro lui è orrendo, ghiozzissimo. Lei invece è proprio carina, somiglia a Britney Spears, che mi piace un casino. Vai a capire 'ste cose...

Tipo, se si parlasse degli anni Novanta invece che degli Ottanta o dei Duemila, di X-Files, più che Mulder mi garberebbe Scully. Così *chiccosa* nei suoi tailleurini impeccabili e un po' algidina come una Grace Kelly... Mica me con i jeans che sembra sempre mi sia pisciato addosso. A volte ho cercato di spiegarlo alla Cristina. È quel sottile velo per cui pure lei mi dice che le piacerebbe di più Beyoncé di Trump, per intendersi. Non è immedesimazione o "e se fossi", "mi garba lui però vorrei essere lei" o "vorrei essere lui e allora mi garba lei", no, quella è roba per gente col cervello vecchio o vecchia in generale, più delle scimmie e di tutti gli altri animali che ragionavano meglio da sé prima dei preti e degli altri religiosi, cattolici, musulmani, vulcaniani, bramini, idealisti o casavacanzieri che siano. Lo capisce persino la zia Elena che non ha vent'anni.

Non si sa mai cosa può capitare nella vita, insomma, non si sa cosa si può trovare e cosa ci può far battere il cuore, al di là dell'orientamento che 'pare' di partenza.

Tendenzialmente, fatta eccezione per Gillian Anderson, mi garbano solo i ragazzi. Anche se non ne ho beccato manco uno, giacché la scelta è ristrettissima.

E sono convinto che avrei un bel successo in quel senso, anche perché non mi pongo limiti e, se si presentasse l'occasione, potrei accontentare chiunque: attivo, passivo, orale, scritto e quant'altro. A me va bene di tutto, vorrei fare di tutto. E mi piacerebbe pure trovare uno che la pensa come me. Chissà Bruno...

E chissà quel mostro di Salsiccia se Loris lo picchiava e basta... Ma no, non ce la faccio ancora ad andare da Salsiccia e dal Pistola. Rischierei di mettermi nei guai nel rivangare con quei ceffi una storia vecchissima. Come mai lo chiamavano "il Pistola"? Questo non me lo ha ancora detto nessuno. Metti che va in giro armato anche di questi tempi. Oppure era un nomignolo a doppio senso. Boh... Eppure loro c'entrano qualcosa. Lo so. Non so se davvero sono stati in grado di spingerlo sotto il treno da laggiù, rimugino osservandomi di nuovo intorno: l'argine, il passaggio a livello fantasma, il verde, il fiume dalle mille voci che sento e non sento... ma qualcosa hanno fatto e in qualche modo c'entrano per forza.

Mi alzo fiacco, i due tizi sono ancora lì. Un paio di vecchietti, forse figli di quelli di trent'anni fa, passeggiano sull'argine con dei cagnolini. Che noia...

Sempre e comunque convinto a fare il "Re per un giorno", eh! Dovrò sopportare qualche ora a casa, il pranzo e il dopo pranzo, poi andrò a farmi i capelli con la zia. Non potrò certo staccare la spina del tutto, ma devo pensare un pochino anche a me stesso.

Faccio scorrere il tempo come posso, come il fiume, mangio, caco zero quegli altri due, ascolto musica, guardo la tv e, quando arrivo a riprendere lo zaino, riguardo per scrupolo nella scatola per vedere se potrei portarmi dietro qualcos'altro. Rufolo, rufolo, ma ormai il contenuto lo conosco a memoria; però, pigiando un po' più forte, il cartone sul fondo si muove. Solo ora noto che non ci sono le alette, ma è liscio. C'è un doppio fondo!

Boia, avrà ragione Siddharta? Mi faccio scappare i dettagli più importanti.

Rovescio tutto il contenuto sul letto e, dal ripiano di cartone, escono fuori delle contenzioni di polistirolo e un libro con un lucchetto.

Un grimorio! Un grimorio fantasy per far sparire e apparire chi mi pare?

Un lucchetto... Fra questo e il doppio fondo, intuisco che, al di là di qualsiasi fantasia, è in ogni caso qualcosa di segreto. Forse la scatola non è stata assemblata dall'Adele, forse era roba messa da Loris proprio così, con questo pezzo nascosto da lui. Che sia una specie di diario come quello elettronico che aveva la Cristina? Non me lo ha mai fatto leggere, era un segreto, sapevo solo che esisteva, giusto perché ero io, e questo ha tutta l'aria di esserne un antenato preistorico.

Provo a vedere che c'è dentro, ma è serratissimo, e non trovo la chiave del lucchetto. Il fatto che l'abbia rimpiattata altrove è un'ulteriore conferma di quanto ho capito. Dovrei mettermi qui a spaccarlo, leggerlo con calma, e non posso. Non perché ho qualche remora, ma è tardi, e rischio di giocarmi l'appuntamento con Marianna, per quanto io ora non stia nella pelle di sapere che c'è scritto.

Ore e ore di noia, per passare il tempo, e mi tocca rificcare tutto nella scatola in fretta e furia, rimandando l'operazione. La voglia di chiamare la zia per annullare l'appuntamento è forte, ma poi quando la convinco di nuovo a portarmi da Marianna?

Sospirone ansioso.

Il grimorio o quel che è non scappa. Le persone vive sì.

Così faccio la strada con la testa nel caos totale e, fra un saluto e una presentazione, riesco a far mente locale solo quando mi guardo nello specchio, seduto sulla poltroncina girevole.

Una cosa per volta. Al lucchetto penserò dopo.

Loro se ne stanno lì, a chiacchierare, con la zia che si fa il colore e pare un ananas, e Marianna che ciarla di sconti al supermercato. Bellina, ma niente di che. Porta gli anni peggio della zia, se hanno la stessa età. Pare Adele, più giovane. Poi penso che adesso Loris avrebbe quasi cinquant'anni e mi piglia male, anche perché io vorrei immaginarmelo carino come dicevano che era.

Mi viene da aprire bocca per chiedere come si fa ad avere una foto, come mai non è nemmeno al cimitero, ma mi freno sia per il disagio provato quando l'ho pensato pure a casa di Adele, sia per la promessa fatta alla zia. E poi, la triste verità è che Loris è rimasto giovane per sempre sul serio. Come quella canzone degli Alphaville che ho beccato su una casetta registrata alla radio da Loris, *Forever Young*.

Ho trovato le pile giuste. Le cassette originali funzionano ancora, anche se suonano cupe. Così mi pare il momento buono per tirare il walkman fuori dallo zainetto che mi porto dietro da stamani e mi metto comodo, in attesa della rapatina. Già ho detto che non pretendo tagli particolari, ma li voglio solo rasare.

Faccio il "Re per un giorno" in trono, come a *Uomini e Donne*, e infilo una cassetta a caso in questo aggeggio che non riesco manco a manovrare bene.

La zia già se n'è accorta e mi sta facendo dei gestacci con sguardo minaccioso, approfittando del fatto che Marianna si è eclissata dietro una tendina per riporre la ciotola del colore.

Lei pensa alle figuracce e io manovro il walkman senza neanche accenderlo. Tanto le cuffie non sarebbero il massimo durante il taglio.

Ogni volta che tocco queste cose non riesco a fare a meno di pensare che le ha toccate pure Loris. Erano sue. Però aveva uno stato d'animo diverso dal mio. Io lo so di essere fortunato e di essere nato e cresciuto in un ambiente in cui i pochi italiani rimasti non si pongono troppi problemi di gossip. Ma c'è anche Bruno. E già lui, che è di un'altra generazione e lavora nella scuola, è meglio se sta zitto, a quanto pare. Se fosse precario, a maggior ragione. Vanno capite queste cose. Se provo a immedesimarmici, comprendo che fra colleghi, superiori e genitori baciapile sarebbe un gran casino. Tanto, nella scuola come dappertutto – ma nella scuola di più – imperversa la religione. Con l'unica differenza che Bruno non si inchiappetta i minorenni come fanno i 'pretofili.'

Ma perché Bruno giocava con Salsiccia e il Pistola quando Loris è morto? Devo tornare a fargli il terzo grado? Guardare il padre fisso negli occhi? Non so se sarebbe peggio quello o un discorsino a faccia a faccia con Salsiccia e il Pistola. Il coso segreto...

«Ah, te lo sei portato dietro?» Marianna mi fa sussultare. «La mamma me lo ha detto che ti sei interessato a mio fratello e che ti ha regalato delle cose.»

Il walkman ha funzionato, in un certo senso, ed è inutile che la zia si sbatta il palmo in fronte. Otterrà come unico risultato quello di macchiarsi le dita con la tinta che gocciola.

Il punto è che, anche se di nuovo sono stato preceduto, non so che dire. Non mi sono preparato. Ho pensato a un mucchio di cose assurde ma non mi sono imparato a memoria la risposta giusta. Quasi non sperassi che pure lei sarebbe entrata nel discorso davvero prima di me, che del resto non potevo farlo. Sono uno stronzetto, ma una promessa è una promessa.

«Scusalo, Marianna» interloquisce la zia Elena. «È un po’ esaltato.»

Non che questo mi aiuti, ma se non altro sto prendendo tempo.

«Tranquilla, mi ha fatto piacere» risponde Marianna, infilandomi la mantellina para-taglio. Vorrà strozzarmi? «Se non avessi vissuto la storia a quei tempi e non ne fossi stata strettamente coinvolta, sarebbe giusto che ne parlassi anch’io, adesso.»

«In che senso?» mi scappa. Vuol dire che a quei tempi non era giusto parlarne? Non ne parla comunque lei, ora? Ma era suo fratello, porca troia!

Sospira e mi si avvicina al capo con la macchinetta. Per un attimo mi spaventa come il caffè dell’Adele – una parente sopraffatta dallo scandalo potrebbe sempre essere l’indiziato numero sei – ma vedo che i bricioli cominciano a cadere dalla mia testa in maniera indolore. E poi la mantellina non è tanto stretta.

«È difficile da spiegare» riprende dopo interminabili istanti di silenzio che mi avrebbero spinto presto o tardi a esternare cose cattivissime.

Non voglio nemmeno voltarmi per guardare la faccia della zia. E poi Marianna mi dice: «Testa giù.» Io mi sento di poter stare a testa alta, metaforicamente parlando, ma questa deve parafrasare almeno un attimino, dopo aver detto quella cosa incomprensibile che sa di bruttura. Anche se è difficile da spiegare. E gliene potrei dare atto, se conoscessi di preciso tutti i retroscena della vicenda. Il lucchetto... «Aveva tre anni più di me e io mi sono fatta le medie e le superiori con la gente che mi prendeva in giro per...» La sento mugolare qualcosa di indefinito. «Non voglio dire per colpa sua.» Fortuna che sono a testa bassa e non vedo la faccia neanche a lei. Mi farebbe senso. Mi fa senso pure se mi tocca, una che dice così del fratello morto ammazzato per bullismo e omofobia. Ma ormai non posso sottrarmi alla rapata. «Voglio dire che in piccola parte capivo come poteva sentirsi.» Carrie la "mangiamerda", sì, però evidentemente lei non è stata presa in giro tanto da essere morta ammazzata. Né, stando a quello di cui sono convinti tutti loro, da arrivare a suicidarsi. O dipende dalla forza delle persone? Be', comunque lei veniva presa in giro solo di rimbalzo, non voglio pensare alla forza di volontà e ai bramini, adesso. «"Come mai sei tutta pallida? Ti ha fregato i trucchi lui"? mi dicevano sempre.» Cazzate. Ma per una bimbetta di quei tempi erano solo cazzate? «Invece avevo le occhiaie perché la notte non dormivo. Si alzava, andava in bagno, a volte lo sentivo piangere. E non riuscivo a

parlarci perché era così chiuso...» Sollevo la testa
e la vedo alzare una spalla, ma la faccia è triste,
non c'è menefreghismo nel gesto, devo
ammetterlo. «O forse solo perché cercava di
tenermi fuori dai suoi guai il più possibile, ho
pensato col senno di poi.»

Mi concedo un mesto sospiro. Avrei tanto
voluto conoscerlo, per farlo parlare. Ma col senno
di poi...

«Ci sono i saldi in centro» squittisce la zia.
C'era da aspettarsi che tentasse di cambiare
discorso. Stronzetta lei! «Magari è la volta che
riesco a comprarmi qualcosa di nuovo.»

Invece sia io sia Marianna stiamo zitti. Lei mi
toglie la mantellina dalle spalle, scuotendola a
terra, e io mi accorgo di avere in grembo ancora
lo zaino aperto, con il walkman fuori.

Silenzio. Marianna spazza tutt'intorno alla
poltroncina. Ancora silenzio, pieno di tante cose
che vorrei dire, ma più che altro sapere.

«Non è giusto» sbotto solo, quasi in trance.

«Eh, lo so che non è giusto» replica lei, amara.

Non mi viene neanche da chiedere come mai
nessuno abbia pensato che Salsiccia e il Pistola
potessero entrarci qualcosa, cosa pensa lei e come
mai non ci sia la foto al cimitero.

Forse perché non c'è da sapere niente,
perlomeno da lei.

Tanto che, alla fine, mi sento paradossalmente
sollevato quando la zia, fra shampoo e messa in
piega, riprende a gracidare di scarpe e borse quasi
fosse un'oca. Fa finta. Lo so. La conosco. Si

vergogna del fatto che io mi sia messo a parlare di questa cosa in un centro per definizione o pregiudizio adibito al pettegolezzo: il negozio di una parrucchiera. O forse vuole solo tenermi fuori dai guai, come faceva Loris con Marianna.

Marianna, che insiste per non farmi pagare, "cosa sarà stato mai?", e mi invita a tornare, come la sua mamma. Semmai pagherò la prossima volta.

Sembra quasi che queste fantomatiche prossime volte loro sperino di parlare ancora, e di più, dato che nel frattempo si saranno preparate meglio all'impatto. Un modo per mantenere viva la memoria di un congiunto che con gli anni e il quotidiano svanisce seppur non dimenticato. Parlarne con qualcuno che non ti aspetti. E poi di nuovo.

Che cosa strana... Esco dal negozio sovrappensiero e mi rendo conto di non aver combinato niente di buono per l'ennesima volta. Sono sempre al punto di partenza. O forse no, chissà. Forse non ho proprio capito dove sto andando. Invece dovrei pensare ai bramini, rido fra me e me, e trovare piano piano la mia strada. Anche se non credo in quelle robe religiose, né tanto meno a certe scritture. Devo ribadirlo a me stesso più che posso per non lasciarmi fuorviare dai libri fricchettoni e soprattutto dall'idea del samsara. I dati nascosti e il diario però...

Ci provo: «Fra la roba di Loris...»

«Se tu mi avessi detto prima di venire che avresti preso l'autobus, sarei passata a prenderti io, ma so che ti piace camminare. Vuoi che ti accompagni almeno al ritorno?»

Un cambio di discorso preconfezionato, ancora più insulso di quello sui saldi.

«Fra la roba di Loris» insisto, piccato, «c'era un libro con il lucchetto, senza titolo.» Ah sì, sono uno sbarbato ignorante? Vediamo dalla reazione se ho capito bene. «Lo conosci?»

Lei difatti mi guarda fissa negli occhi e sta per dire qualcosa, ma tace. Seriosa. «Non dovrei rivelartelo» osa.

Beccata! Lo fa apposta.

«Perché mi aiuterebbe a scoprire qualcosa?»

«No, perché è immorale.»

Ma sentila...

«Oh zia, non penserai che io possa scandalizzarmi per qualcosa che c'è scritto?»

Lei si pianta di nuovo il palmo in fronte e struscia, struscia ben bene, tanto che mi verrebbe da dirle di non esagerare, perché sta bene con i capelli appena fatti.

«È un diario segreto» mugola infine, guardandosi intorno come se nessuno dovesse sentirla. Ma non c'è proprio un'anima sul marciapiede in questo momento, e la seguo verso la macchinina senza neanche rispondere alla domanda iniziale sul passaggio. «Ci scrivevamo i pensieri, cosa era successo in giornata...»

«Non un diario come quello di scuola, insomma.» Ormai ho la conferma. «Dici una di quelle cose vecchie di carta che servivano tipo le bacheche social di oggi?»

«No, quello era segreto» replica, guardandomi con gli occhiacci. «Poteva vederlo solo lui.»

«Be', non è che anch'io abbia così tanti amici su...»

«Non capisci» riprende, aprendo lo sportello. «Era una cosa intima.»

«Ma tanto è morto!»

Mi sembra di aver detto qualcosa di bruttino, però faccio finta di niente.

«È comunque immorale che tu vada a sbirciarci.»

Le idee non si raccapezzano, anzi, sono sempre più ammassate, quando mi sistemo sul sedile del passeggero e mi infilo la cintura di sicurezza come un automa.

In casa ho un aggeggio dove Loris appuntava i resoconti delle sue giornate e i suoi pensieri più intimi. La prova risolutiva. E l'appuntamento è passato. Ora posso finalmente fare quanto volevo prima di uscire.

«Sì, dai, portami a casa.»

«Ho fatto male a dirtelo.» No, ha fatto benissimo, per quanto più o meno già ci fossi arrivato da solo, e in fondo in fondissimo so che, se l'ha fatto, è perché a questo punto è un po' curiosa anche lei. Li conoscerò i miei polli? Anzi, la mia finta oca. «Se non c'è la chiave, puoi strappare il lucchetto, in qualche maniera si aprirà.»

«È immorale.» Rido, facendole il verso. «Forse dovrei riportarlo alla sua mamma.»

«La sua mamma lo ha regalato a te.»

Ci siamo scambiati le parti. Lo sapevo.

«Okay, ti dico appena trovo qualcosa.» E poi, da bravo "Re per un giorno", mi tolgo la soddisfazione di cambiare discorso io: «Stai bene così. Vatti a comprare un bel vestitino ai saldi, non fosse mai che...»

«Ma vaffanculo!»

07.NOBODY'S DIARY

Loro sono come al solito di là. Inesistenti. E io sto per scoprire la verità e far luce su tutta questa storia.

Mi sono chiuso a chiave. Che pensino pure che ultimamente mi faccio più seghe del solito. E un po' è così, sia fisiche sia mentali. Ma ne ho tutto il diritto.

Dall'appuntamento delle quattro dalla parrucchiera, fra attesa, colore, tagli, chiacchiere e ritorno, sono rientrato alle sei, ma riuscirò a leggere di sicuro qualche pagina entro l'ora di cena. In fondo, un libriccino così, anche se fosse tutto scritto, potrei leggermelo comunque in una nottata, e dopo cena mi ci rimetterò di sicuro. Come potrei addormentarmi con l'idea di avere qui il diario di Loris senza finirlo tutto d'un colpo?

Mi sono procurato le forbici enormi con cui la mamma taglia il pollo. Speriamo non le servano proprio stasera. Penserà di averle perse in lavastoviglie. Intanto sono qui, in tralice sul letto, che cerco di tagliare via il pezzettino di metallo che tiene fermo il lucchetto, girandoci intorno, nel cartone. È un materiale liscio, lucido e imbottito. Non è semplice. Doveva essere di un bel rosso acceso, ma appare sbiadito, e puzza di muffa come tutto il resto della roba che era nella scatola.

Infine si stacca. E io ho il batticuore. Perché posso infine aprirlo e sfogliare le pagine del mistero.

Subito mi colpisce il fatto che non c'è un nome, un titolino o qualcosa di simile, quasi che il diario non fosse personale; c'è solo una frase fra virgolette, in inglese, buttata lì con una scrittura in corsivo molto elegante. Il succo è che lui ha la testa piena di cose da dire ma le parole gli muoiono sulle labbra. Ecco, non proprio il massimo come incipit di un diario che speravo si rivelasse risolutivo.

Non è organizzato come i diari scolastici, no, non parte da settembre per finire a giugno. Le pagine non sono numerate con i giorni e i mesi, ma appaiono in bianco, e poi viene segnata a penna la data, quando si scrive o si attacca qualcosa.

Ed è di questo che si tratta. Scritte sparse qua e là e ritagli appiccicati con la colla: cantanti, trafiletti di programmi tv... non troppo diverso da Twitter, alla resa dei conti. Scorro, scorro e vorrei guardare la fine, ma anche in fatto di romanzi sono un fervido sostenitore del "non andare mai a guardare il finale."

Certo, qui la tentazione è forte, ma penso che, se non vado in ordine, poi non ci capisco nulla comunque, per cui mi permetto di dare una semplice sbirciata alle ultime pagine, che risultano vuote.

Torno all'inizio e si parte dal gennaio 1987, per cui è proprio il diario dell'anno che è morto, quindi è normale che in fondo non ci sia nulla, dato che se n'è andato in estate; però la nuova sbirciatina che mi concedo mi sorprende, perché le ultime pagine imbrattate – perlopiù con disegni – risalgono ad aprile, mentre lui è morto qualche mese dopo.

Mi faccio coraggio e riparto dall'inizio. Sì, solo facce che non riesco a capire a chi appartengano, perché non c'è mai scritto un nome. Ovvio, lui lo dava per scontato, e scribacchiava semmai frasi tipo "Quanto mi piace lui" o "Come mi farei lui."

È strano pensare che sia il diario di un ragazzo di diciannove anni, all'ultimo anno delle superiori. Sembra più un qualcosa di appartenuto a qualcuno di più piccolo, sui dodici, tredici anni. Che sia stato di Bruno? No, i disegni riportano tutti la firma di Loris. Io sul diario di scuola segno solo i compiti per casa. Le bimbe qualche cuore. Chissà che c'era in quello elettronico della Cristina... Ma in definitiva questo non è tanto diverso da quello che postano sui social pure certi adulti.

Poi ogni tanto incontro delle parti che potrei chiamare "sessioni YouTube", quando YouTube non c'era. I ritagli sono precisi, intorno alle sagome delle figure delle cantanti, e accanto c'è una sorta di fumetto con il testo della canzone: Alice che canta *Il vento caldo dell'estate*; Dori Ghezzi con *Margherita non lo sa*; Lena Biolcati con *Grande, grande amore*; Phoebe Cates, *Paradise*; Liò, *Amoureux solitaires*. Chissà se le vedeva come io vedo le cantanti di ora, tipo Arisa o Annalisa, per dire. Non so, immaginavo che lui potesse fare qualcosa di più iconico-trash, come una puntata di *Techetechetè* da inondare di hashtag, con le *Lamette* della Rettore, la Bertè con *Non sono una signora*, Giuni Russo con *Un'estate al mare* o Fiordaliso con *Non voglio mica la luna*. Perlomeno Scialpi con *Cigarettes and Coffee*! E invece talvolta si mette addirittura a prendere in giro qua e là personaggi che per me ora sono un mito, tipo Al Bano e Romina, Toto Cutugno o i Ricchi e Poveri. Vai a sapere se fra trent'anni la gente che mi piace sarà sparita e rimarrà invece quella che ora non considero... Mi sarei aspettato di trovare anche tutte le robine di italo-dance che qui da noi ci ricordiamo meglio, cose come la cofana di Spagna ai tempi di *Easy Lady*, Baltimora con *Tarzan Boy*, Gazebo, i Novecento, i Righeira, Sandy Marton, Tracy Spencer... Chissà, forse sono nella cassetta del Festivalbar che non potrò guardare.

I disegni però sono belli. Ci sono pagine in cui crea facce sempre uguali su cui elabora make up diversi, come se si esercitasse per il trucco, e poi ritratti veri e propri, di attori e cantanti. Ce n'è uno bellissimo di Madonna, bionda platino e di profilo, sulla copertina di *True Blue*. Nella pagina accanto, una scritta che mi fa grattare una tempia: "Mi sarebbe piaciuto andare all'Accademia di Belle Arti di Firenze."

Ecco, lui aveva deciso, ma i genitori non ce lo mandavano! Volevano fargli fare qualcosa di meno bohémien? Che tristezza... Dovrei tornare dall'Adele, ma mi piacerebbe farlo quando avrò la certezza di non leggere niente di brutto sui familiari.

Ritagli lì, pezzi di canzoni di là, adesivi colorati. Il cuore mi batte sempre forte, ma adesso per la paura di non riuscire a trovare nulla di nulla neppure qui. "Ora piacciono a tutti questi U2" leggo accanto a un'immagine di Bono Vox, "ma sono così... grigi...". Eh, certo, Dublino non è il Mississippi di *Karma Chameleon*. Anche se magari il video lo hanno girato lì.

Meglio accendere il pc.

Con tutti questi cantanti, mi viene in mente di googlare la frase all'inizio del diario e... colpo di scena! Sono i versi di una canzone. Il pezzo si intitola *Nobody's Diary*, di tali Yazoo.

Aspetta, forse di questi mi ricordo qualcosa, perché mi pare che c'era uno dei membri fondatori dei Depeche Mode. Mi rimetto in multitasking col mio vecchio computerino. Questo Vince, negli anni, ha dato vita a progetti a tematica lgbtqi o comunque con persone apertamente gay, e già mi piace, però è il testo della canzone che mi lascia di sasso. Chi canta dice che si può cambiare il capitolo o l'intero libro, ma la storia rimane la stessa. Mi fa impressione, sembra che lo stia dicendo a me al di là del tempo. Che io sia qui a leggere e a sbirciare, in questa storia Loris è già morto lo stesso. È strano immedesimarsi in lui attraverso una canzone che dice queste cose. Bello.

Bellissimo. Troppo. E ripete fino all'ossessione, talvolta variando, che non vuole essere solo una pagina nel diario di qualcuno, *babe*, mentre a me torna davanti Bruno e tutto quello che lui non vuole ricordare.

Il video al contrario non ha nulla di particolare. C'è Vince – con un ciuffo ossigenato fuori dal tempo – che suona con la sua cantante. Brava. Particolare. Morbidosa. Pagine enormi e penne ancora più gigantesche, ma di nuovo mi ritrovo in alto mare. Okay, il testo del brano si addice alla situazione, ma cosa mi racconta in più rispetto a quanto già sapevo? Sono io che non riesco a ricollegare gli indizi?

Mi rimetto a scorrere le pagine, fra ritagli e versi di canzoni, e mi viene da sfogliarle per un attimo velocemente come un ventaglio, finché non cade una cosa.

Una foto!

Una foto quadratina con un pezzo bianco sotto, tutta nera dietro.

È lui? È un ragazzino, ma, più lo guardo bene e più... ma è Bruno? Bruno da bimbetto. Da solo, e sorride, con una maglietta bianca. Tipo quelle che ora gli stanno tanto bene. Mi pare che la foto sia una Polaroid, come quella della canzone di Riccardo di *Amici* che non sopporto, quanto lui e quasi tutti i concorrenti di quest'anno, a parte il ballerino Cosimo che è uscito troppo presto.

Torno alla pagina da cui è caduta la fotografia e c'è scritto: "Oggi io e Ciccino ci siamo fatti una foto. Io ho preso la sua e lui la mia."

Bruno avrà conservato la foto di Loris?

Torno indietro, per accertarmi che nelle pagine che in precedenza ho sfogliato rapidamente non ci sia qualcos'altro di determinante, ma, a parte i soliti ritagli e disegni, trovo soltanto un trafiletto in corsivo: "Ciccino è l'unico che mi capisce. Peccato che è piccolo. Però ci siamo dati un bacino."

Ne sono sul momento un po' geloso. Non so perché. Mi salta alla mente il particolare che all'epoca Bruno fosse minorenne e Loris maggiorenne. Ma va' là per un anno... Solo che mi dà noia l'idea che questi a quei tempi facessero in pratica più cose di me. E Loris lo ha fatto proprio con la persona con cui vorrei farlo io. "Lo ha fatto..." Quel "peccato che sia piccino" non indica certo che siano andati oltre, così come già aveva ipotizzato la zia, che ha quasi sempre ragione, quasi, ma lì per lì mi ha dato fastidio. Non per un senso di morboso, e nemmeno per gelosia vera e propria. Non so perché. Non riesco a spiegarmelo. Credo si tratti più dell'idea, del cercare di immaginarmi questo ragazzo morto su cui mi faccio le pippe mentali insieme a quello su cui mi faccio le pippe fisiche.

Eppure, fin qui già c'ero. Cosa c'è di nuovo, nelle pagine dopo?

Niente. Ritaglini e disegnini.

Finché non mi ritrovo davanti a delle righe scritte male, peggio delle altre, anche se si capisce che è la solita scrittura. Paiono buttate giù con furia schizofrenica e non si capiscono bene, perché Loris sembra si sia pentito di averle scritte, tanto che sono tutte scarabocchiate.

Mi metto d'impegno e cerco di decifrare le righe, fra parole interrotte e altre completamente cancellate: "Quando mi pigliano, mi sfonda solo il Pistola, perché a Salsiccia non si rizza." Il cuore mi manca un colpo. Si leggono male, ma il significato è chiaro. Chiarissimo. Ghiaccio. Brivido. Sebbene me l'aspettassi. "Gli ho chiesto se voleva un pompino, ma ha paura che glielo stacchi a morsi." Glielo staccherei anch'io. Merda... "Il Pistola mi fa male, s'incazza perché vede che non godo, ma come faccio a eccitarmi, secondo lui?". Ora vomito. "Il Pistola spara una sborra pazzesca." Sì, il nomignolo era a doppio senso. "Sempre in bocca, però da lontano, perché ha paura come Salsiccia." Qualche parola che non si legge. "Mi fa schifo che quando ci ripenso a casa da solo invece mi eccito, ma non per lui, vorrei... con qualcun altro... in un'altra maniera."

Finita lì. Mentre io mi sento male. Non c'è niente che prosegua con le sensazioni, lo stato d'animo o i pensieri su quanto gli fanno. Non ce la fa. C'è solo l'accadimento buttato lì. E poi quell'unica considerazione sul ritorno a casa, che capisco, io ho capito cosa voleva dire. Si sentiva in colpa lui per quello che gli stavano facendo, si sentiva sbagliato, si sentiva preso di mira, vittima. Se si eccitava pensando alle immagini di sesso, voleva che fosse con una persona diversa, in un contesto diverso. Magari giocando, facendosi del male per scherzo, chissà, però non così. Se lo leggesse qualcuno tipo loro due di là, lo interpreterebbe come qualcosa di malato: il frocio che si eccita quando lo violentano. Ma il senso è sempre e comunque lampante.

Infine, la decisione di rimuovere, cancellare tutto, con tanti scarabocchi, vergognandosi persino di se stesso e dei propri pensieri chiusi con un lucchetto.

«È pronto!»

La voce della mamma mi riporta alla realtà. La cena è pronta, ma non sono pronto io.

Fra video, ritagli e pensieri, neanche mi sono reso conto del tempo che è trascorso, e per autodifesa cerco di rallegrarmi con una battuta mentale schifosissima e mal riuscita: "Pensa se avesse cucinato le salsicce." E mi faccio schifo anch'io, da solo. Mi vergogno. Vorrei cancellare quello che ho pensato, come Loris ha fatto col diario, il diario di nessuno, o di tutti.

Apro la porta valutando paradossalmente che sarebbe meglio andare a letto senza conoscere il finale della storia. Tutto il contrario di quello che volevo quando sono rientrato.

Fortuna che dalla cucina arriva odore di minestra di verdura.

08.SECOND NATURE

Ho cenato muto come un pesce, come i miei, mentre in testa mi risuonava il versettino sulla pagina del diario, anche se di sottofondo c'erano i rumori della tv; anche se le frasi che avrebbero dovuto rintronarmi nel cervello erano altre.

Mi sono quasi sentito sollevato, quando, rientrato in camera, col diario che mi puntava ancora lì sul letto, ha suonato il cellulare.

Era Gionata. Ha fatto un giro di chiamate e ci troviamo con qualcuno degli ex compagni di classe in un pub del centro.

Avrei voluto dirgli che mi sentivo male, che poi è la verità, ma il famoso discorso della spina da staccare ogni tanto, in un momento come questo, mi è parso più che giusto.

Tuttavia, vestendomi, mando in riproduzione continua sul pc i pezzi che ascoltava Loris.

"E poi che mi sono fatto i capelli a fare di venerdì?" mi domando, osservandomi non troppo convinto nello specchio. Be', so benissimo come mai sono andato dalla parrucchiera, per quanto tutta la faccenda non mi stia portando a nulla.

Certo, non andiamo in locali di chissà quale calibro, solo il pubbino in centro, e anche se fosse stato qualcosa di chissà quale calibro, con loro, mi sarei beccato tutt'al più il baccagliamento di qualche fi'a. Però mi sono sentito di uscire e, quando Gionata mi fa uno squillo, saluto i miei

che sembrano addirittura contenti per il fatto che
io vada a divertirmi con gli amici – non fosse mai
che cedo a qualche fi'a e mi ravvedo, secondo
loro – e cerco di disegnarmi sulla faccia
un'espressione divertita. Di plastica.

Ci sono un altro paio di macchine dietro a
quella di Gionata, siamo un bel po' di gente, e
intravedo persino amici degli amici che non mi
piacciono un granché. Per svariati motivi, che
vanno oltre le sostanze con cui si sballano. Mica
sono bacchettone. Ognuno si fa i cazzi suoi. Sì, di
quei tipi che la notte stanno a urlare sguaiati sotto
le finestre fino alle quattro di notte e le vecchiette
si affacciano minacciando piogge di merda e
piscio. Lì per lì le vecchiette ti fanno cascare le
braccia, soprattutto di sabato sera; ma i figli di
papà non hanno una sega da fare neanche durante
la settimana, ed è capitato che la mattina dovessi
alzarmi per andare a scuola, magari per un
compito importante, senza che mi avessero fatto
chiudere occhio. E allora m'incazzo pure io,
sebbene non sia un vecchietto. Insomma,
sarebbero l'ultima scelta per me, come amici, se
proprio dovessi. Vuoti. Idioti. Scimmiette.

L'importante è che io riesca a rimontare anche
al ritorno sulla macchina di Gionata. Gli
occupanti non sono scimmiette come gli amici
degli amici, neppure il massimo, tuttavia non c'è
il rischio di spiaccicarsi contro un albero o di
essere arrestati.

Già dal viaggio, però, fino al parcheggio, mi
annoio, mentre parlano di cazzate e rispondo a

monosillabi. Fortuna che tanto mi conoscono, e bene o male mi hanno invitato lo stesso, non certo per pestarmi come facevano il Pistola e Salsiccia con Loris.

Devo riuscire a distrarmi, e il locale con i tavolini all'aperto dovrebbe essermi d'aiuto. Musica, suoni, colori, e tutto vira verso il *Despacito* anche fra gli etero. Non vedo l'ora di andare a Pisa, e in un momento come questo neanche voglio pensare se la scuffia per Bruno mi passerà o meno, perché, per quanto sia affezionato a Gionata, ho bisogno di trovare una compagnia diversa, giri diversi, posti diversi. Pazienza per il mio sciocco problema in confronto a quello di Loris.

Basta. Cacciare i pensieri brutti dalla testa! E l'aria fresca un po' ce la fa, così come le risate degli amici che di tanto in tanto non sono solo su cazzate che non fanno ridere; ogni tanto mi fanno ridere davvero.

La birra comincia a scorrere. E io già ero brillo ieri sera. Mi sento in colpa. Mi sento in colpa per tutto oggi. Quasi che lo spirito di Loris mi avesse posseduto. O l'anima. Samsara. Eppure lui non doveva sentirsi in colpa proprio per niente, e nemmeno io.

Giustifico la seconda birra con le patatine, perlomeno con il mio stomaco, e sento che ormai non riesco più a fermarmi. Non come un alcolizzato cronico, ma come uno che ha bisogno di una mano per staccare la spina. Che poi si legge che tutti dicono così, per ogni dipendenza.

Ma io non sono dipendente e ho solo la necessità di capire se voglio andare fino in fondo a questa storia oppure no. Se stasera mi sbronzerò sarà solo per creare delle ore cuscinetto in cui non pensarci e vedere domani come andrà. Poi che non sono un alcoldipendente lo saprò con certezza fra qualche decennio.

Di dipendenze in giro però ce ne sono lo stesso, perché vedo uno degli amici degli amici allontanarsi per parlare con un tipo che gli passa qualcosa. Mi auguro sia solo erba e non roba pesa, perché in macchina al ritorno 'ste cose mi preoccupano. Con la sfiga che ho, fermerebbero giusto noi.

Così, biascicando un pochetto perché nel frattempo ho continuato a bere, cerco di spiegare la faccenda a Gionata il più sottovoce possibile, e lui si mostra subito d'accordo, ma solo per non avere poi casini con la ragazza. Ti pareva...

Li sento. Li ascolto. Vagamente. Ci sono. Non ci sono. La testa mi gira, e nel vaneggiamento solitario mi prende un colpo al pensiero di aver dimenticato il diario sul letto, dove, in bella vista, i miei potrebbero trovarlo e raffigurarsi chissà cosa. Ma mi sa che mi sta già arrivando l'alcol al cervello, perché, se cerco di concentrarmi, ricordo di averlo piazzato in maniera strategica fra qualche libro sulla scrivania-libreria. Non chilometrica come quella della zia Elena, ma l'idea di dispersione è in grado di darla lo stesso.

Tiro un sospiro di sollievo fra me e me, dandomi tuttavia dell'imbecille perché continuo a pensare al diario... una pagina nel tuo diario, *babe*.

«Hai intenzioni serie, stasera» dice qualcuno all'amico dell'amico di ritorno ai tavoli.

«Come si fa a non fare scorta quando si becca il Pistola?»

Tutti ridono e io penso di essere ubriaco fradicio.

«Che ha detto? Il Pistola?» chiedo a Gionata, stralunato.

«Sì, è quello laggiù che gli ha dato la roba, un tipaccio, meglio starci alla larga.» Stavolta dal tono non pare sia solo per la ragazza, e io lo so meglio di lui. Non sono ubriaco fradicio. Gionata mi ha confermato che ho capito bene. Come un segno del destino, il Pistola stasera è qui. Anche se non credo ai segni del destino, mi vedo spezzoni per il web con la Carrà che dice "Carramba che sorpresa!", e non si tratta dei caramba che mi fermerebbero se quello montasse in macchina con... sì, non sto benissimo, non ragiono.

Però lo osservo da lontano, e noto che pure lui osserva me. Forse i negozianti hanno fatto arrivare la voce fino a lui, e tutti ormai sanno che io sono Poirot. Gli amici qui non sembra, o fanno finta di nulla, non so, non capisco tanto bene ora come ora.

Ha una maglia scura smanicata e tatuaggi dozzinali per niente artistici. Abbastanza alto e con la pancia, scuro in capo come in faccia, dove sfoggia uno sguardo spento da ebete che più ebete non si può, quasi peggio della barba tagliata malissimo. Pare che abbia la tigna. Chissà quali malattie avrebbe attaccato a Loris... Come faceva quelle cose a quel tempo, potrebbe farle anche ora. Forse hanno ragione tutti quelli che mi dicono di non ficcarmi nei guai. Ma che schifo...

Mi sembra quasi che, mentre si volta per darmi le spalle, mi faccia un gestaccio col dito medio. Non so se da lontano mi sto sbagliando, se me lo sono immaginato perché suggestionato dalla situazione in generale e dall'alcol.

Una pagina nel tuo diario...

Quando mi pigliano, mi sfonda solo il Pistola, perché a Salsiccia non si rizza.

Devo fare un giro dal macellaio. Ma forse lo sto pensando solo perché non sono tanto lucido e domani a mente fredda cambierò di nuovo idea. Se lo sapesse la zia, mi ammazzerebbe prima del Pistola e di Salsiccia. Per non parlare di quegli altri due in casa mia. E...

E un po' maiale gl'è davvero. Faceva tanto il ganzo col mi' figliolo perché 'un voleva capi' che era in quella maniera anco lui.

Sì, pure l'altro, a questo punto.

Lo sanno tutti che ora va co' travestiti sull'Aurelia. Quelli brasiliani che si vestono da donna e che c'hanno...

Il Pistola invece abbraccia lascivo una donna e le ficca la lingua in bocca davanti a tutti, ostentando quanto è strafatto lui e quanto è strafatta lei in maniera parecchio ma parecchio volgare.

Il Pistola mi fa male, s'incazza perché vede che non godo, ma come faccio a eccitarmi, secondo lui?

Con l'alcol nello stomaco, mi viene da vomitare ancora di più. Soprattutto perché a distanza lo vedo ancora lì.

Il Pistola spara una sborra pazzesca. Sempre in bocca, però da lontano, perché ha paura come Salsiccia.

Una pagina nel tuo diario...

Mi fa schifo che quando ci ripenso a casa da solo invece mi eccito, ma non per lui, vorrei... con qualcun altro... in un'altra maniera.

Non ce la posso fare. Devo voltarmi dal lato opposto, perché tutto questo mi fa ribrezzo. Tanto è sempre così. I più violenti, i più omofobi sono sempre gay che non si accettano, che se la rifanno con gli altri. Ma quale sarebbe per loro, la soluzione? Una doppia vita nascosta, da delinquenti, per spalmare cacca e cattiveria su chi invece si accetta, ambiente favorevole o sfavorevole che sia? Bruno non è così per quanto sia una velata. Lui non farebbe mai una cosa del genere. Lui era "Ciccino" e devo capire come mai quel giorno in cui Loris è morto fosse insieme a questo schifoso e a quell'altra merda del macellaio.

Tra i fumi dell'alcol, mi escono dalla testa gli Yazoo e mi ci entra Dan Hartman, che ho ascoltato mentre mi vestivo. Morto di AIDS. Mentre i Take That riportavano al successo la sua *Relight My Fire*. Mai dichiarato. Neanche quando il cantante dei Frankie Goes to Hollywood, suo amico e collaboratore, annunciò pubblicamente di essere sieropositivo... e quel video surreale su una non meglio precisata *Second Nature* con donnine sculettanti vestite e permanentate anni '80, cowboy, suore, galline, cocomeri, scuolabus, poliziotti, gruppi bandistici, ambulanze, levrieri afgani, vecchiette arzille, giocatori di football, mi gira la testa, barboni, cheerleader... irrazionale quanto i miei pensieri adesso. Ma che voleva dire? Forse pigliava in giro a modo suo gli stronzi schizzati tipo il Pistola.

Quando rientro, soddisfatto per non aver caricato in macchina il tipo e per non aver trovato i caramba, mi fiondo sul cesso dove libero una pisciata più chilometrica della libreria della zia Elena. Rido. E traballo un po'. I miei già russano. Si preoccupano per tutto, tranne che per quando faccio tardi la sera. In effetti non è tardissimo, ma sono proprio il contrario di tutti i genitori normali. Poi con quale coraggio parlano a me di normalità e malattie?

Nel momento in cui rientro in camera però rido meno, perché il diario occhieggia dalla scrivania-libreria, anche se l'ho occultato in maniera strategica. Io so che comunque c'è. E io so pure, in qualche modo, visto che ora non riesco a mettere insieme le idee in maniera troppo logica, che quel Pistola mi fa paura.

Non mi va più tanto l'idea di restare sveglio fino a tardissimo per finire di leggere il diario.

Anch'io sono il contrario di me stesso, ogni tanto. Avrò una seconda, una terza e una quarta natura.

Mentre mi butto sul letto ancora vestito, con la luce accesa e lo sguardo sul diario qui vicino, penso a tutt'altro. Sono contento, perché sento che la sbronza mi farà addormentare in fretta, nonostante il tarlo del diario, che non vorrei avere più.

Ora ho paura, giacché per una volta mi viene da considerare che potrei non essere così fortunato, che in questa piccola cittadina dove mi sembrava che tutti fossero più o meno innocui c'è qualcuno che, come faceva del male trent'anni fa, può farlo ancora, e in un certo senso lo fa ancora, se non altro spacciando come un ossesso, mentre il Comune gli dà lavori socialmente utili; ora penso che potrebbe succedere anche a me, che devo guardarmi le spalle e che le persone che mi vogliono bene hanno ragione.

Fra un'elucubrazione – più o meno – confusa e un altra, mi viene da sperare che il Pistola non spacci e basta. Mi auguro che consumi alla grande. Ma gli faranno i controlli, e allora se lavora per il Comune non è possibile che... Però può sempre capitare il giorno in cui fa la cosa sbagliata nel momento sbagliato, lo beccano o, meglio ancora, si ammazza da solo per un'overdose o che so io.

Pensiero cattivissimo?

'na sega... e buonanotte a tutti!

09.SNEAKING OUT THE BACK DOOR

Mamma mi sveglia di soprassalto. Dice cose più sconnesse dei miei pensieri di ieri sera e che è tipo l'una. Allora a spregio devo alzarmi e con la testa che gira e lo stomaco sottosopra dovrei mangiarmi... la trippa? Ma lei è tutta matta! Cioè, mi piace, in genere ne sono ghiotto, ma così, appena alzato, dopo una sbronza, col mal di testa... no!

A casa mia c'è una sorta di coprifuoco per cui, se non ci si siede a tavola tutti insieme alle tredici e alle venti in punto, potrebbe succedere qualcosa di gravissimo, scatenato – forse – da fenomeni poltergeist. Nessuno me lo ha mai spiegato, ma a vedere dai rituali e dai comportamenti che ho rilevato da quando ho ricordi coscienti parrebbe di sì. Questi fenomeni sono in verità prodotti da tradizioni folkloristiche – mi sembra di aver capito – derivate dagli orari delle fabbriche metalmeccaniche e si narra che ai tempi dei nonni e dei bisnonni le casalinghe dovessero essere ancora più fiscali. Ora, di operai ne sono rimasti zero virgola tre e di impiegati zero virgola uno perché sono tutti in cassa integrazione o a tempo determinato, ed è già tanto se il babbo ci lavora ancora senza data di scadenza. Di sicuro non andrò a Ingegneria perché il futuro delle Vespe è più incerto del mio e persino chi vorrebbe emigrare in India, Cina e Vietnam per l'Ape dei contadini non sta meglio di chi si laurea per fare l'insegnante o l'infermiera come la zia o la Cristina; anche perché ne scelgono uno su mille, e di solito si tratta di vecchietti in età pensionabile con superesperienza, giacché dicono che i giovani laureati non sanno una sega. Per forza, se non ti fanno lavorare, l'esperienza come si accumula? Mi hanno detto che una generazione fa bastava l'I.T.I. e ti assumevano per farti tutta la formazione che volevi. Boia, a quel punto, anche se non mi garbava, assimilavo tutta la Matematica del mondo per scienza infusa! Che culo...

Traccheggio in bagno, mentre li sento mugugnare. Non erano contenti che fossi uscito? Non gliene va mai bene una...

«Guarda un po' se invece della compagnia giusta ti trovi quella sbagliata» sento la mamma urlare dalla cucina.

Ohimmei... Ho diciannove anni, sono nell'estate in cui non ho da fare un cazzo, e permettetemi almeno una sbronza come quelle che vi sarete prese sicuramente pure voi, anche se fate finta di nulla e vi atteggiate a leccacandele!

Meglio non esternarlo.

Mi porto a tavola il cellulare, così ho la scusa per fare un riposino fra un boccone e un altro. Rigurgito. Ruttino già al secondo morso. Quasi un ri-morso. La zia ieri sera voleva sapere che avevo letto nel diario. Smessaggio a lungo, sempre più a lungo, per smorzare la trippa in salsa, e le spiego che sono uscito, ma sul diario c'erano solo robe di cantanti e attori. Non mi va di scriverle tutto ora, al di là della trippa e del temporeggiare. No, non mi va. Le racconterò poi a voce di quella pagina scarabocchiata. Per il resto continuo a indugiare fra striscioline di stomaco bovino che finiranno nel mio devastato, e midolla da intingere nell'untino. Che mi piace, sì, ma ora come ora avrei più bisogno di una limonata.

Fra un mugugno e un altro, riesco a tornare un paio d'ore a letto, poi non ce la faccio più a sentire i loro borbottii – bubbolano, bubbolano, bubbolano e basta – e gli occhi del diario addosso, così, dato che nonostante le pentole e i tegami che hanno sbatacchiato per due ore il mal di testa è passato, decido di prepararmi per uscire e andare a fare due passi.

«A quest'ora? Con questo caldo?» fa lei, non contenta per tutto il resto dello stress. Eppure, come al solito, non si sono scandalizzati quando sono rimasto sotto la doccia per quarantacinque minuti e hanno deciso di non preoccuparsi per quarantacinquemila ovvi motivi.

Io non rispondo e spero che perlomeno in giro ci sia un po' di gente, visto che è sabato. Poi penso che i ragazzi saranno più o meno tutti verso il mare, anzi, mi sembra di ricordare che se lo siano detto ieri sera, ma non ho preso accordi con nessuno, io.

In effetti è caldo, e presto, e i pochi negozi che in questa stagione aprono il sabato pomeriggio riprenderanno vita fra un'oretta o due.

All'angolo della strada, vedo la macelleria, e mi rientra il mal di testa che a letto dopo pranzo era passato. Inizialmente volevo andarci a fare il gradasso, ma ora la penso in un'altra maniera. Forse è solo la depressione post-sbronza, e domani riprenderò coraggio, ma l'idea comincia a piacermi sempre meno. Finora sono stato anche troppo intrepido.

Faccio il giretto fino alla viuzza accanto, dove c'è il retro del negozio, canticchiando un'altra canzoncina di quelle sulle musicassette registrate alla radio da Loris, *Sneaking Out The Back Door*, di Matt Bianco. Le atmosfere sono jazzate. Niente a che vedere con io che cerco di spiare il retro della macelleria, no. Quelli della sceneggiatura sembrano più giochi d'azzardo e truffe noir d'altri tempi, però io mi immedesimo lo stesso col ritornello che vede uscire qualcuno dalla porta sul retro con un ghigno. Ma mi sa che quello col ghigno non sono io. E la canzoncina è allegra fuor di misura, data la situazione; tuttavia mi dà forza, con il ricordo del cantante carinissimo e tiratissimo e della corista divissima. Ladri chic, insomma. E oltretutto io non sono qui per rubare, se non una confessione.

Qui di chic non c'è nulla. Puzzo di ciccia cruda, sangue, e bidoni della spazzatura con organico e quant'altro lasciati fuori a quest'ora e nel giorno sbagliato col permesso di chissà chi. Magari Salsiccia conosce gente in Comune come il Pistola.

La porticina è leggermente aperta, può darsi sia così per lasciar passare l'aria, e si intravedono alcune celle frigorifero. Forse ci sono mucche e maiali appesi a dei ganci al soffitto dove, se provassi ad affacciarmi, Salsiccia attaccherebbe pure me. In ossequio alla compensazione erettile. Freud è proprio uno di noi. Evviva per una volta i tormentoni dell'estate!

Mi immagino questo tizio che per me fino a pochi giorni fa si chiamava Gino, con la sua testa pelata e lucida quanto fronte e naso, grosso come una mucca e rozzo come un cinghiale, mentre di sabato pomeriggio fa lavoretti nel retrobottega. Se i negozi dove c'è roba da mangiare continuano ad andare bene nonostante la crisi, non so se si può dire lo stesso delle macellerie, perché i supermercati e i discount devono aver dato al ramo una bella botta. Poi vai a sapere quali ganci e agganci ha questo qui... in tutti i sensi. Io non dimentico che si tratta della stessa persona che faceva quel che faceva a Loris e che il giorno in cui lui è finito sotto il treno poteva essere col Pistola a dargli una spinta. Vista l'inattività di Salsiccia, per dirla con un'altra parola, potrei ammettere soltanto che a dare la spinta risolutiva sia stato il Pistola. Ma questo era comunque lì, sempre, complice, così come quel giorno c'era Bruno. E io voglio sapere perché.

D'un tratto, lo scorgo passare nei pressi della porta e il cuore si mette a battere in maniera irregolare. Di sicuro più rapida.

Lui mi ha visto. Deglutisco. Mi sta scrutando con i suoi occhietti neri da suino che quasi spariscono nel faccione tondo e rosso, gonfio, e il ghigno proveniente dalla porta sul retro non è allegro come quello di cui canta Matt Bianco. Fra un gossip e un altro nei negozi del quartiere, come la voce è arrivata persino a mamma e babbo, sarà arrivata anche a lui, senza bisogno che glielo dicesse l'Adele, come ha fatto con sua figlia in un quartiere ben più lontano o come ha fatto Bruno ragionando da sé su di me. Potrebbe essere stato lui stesso a parlare di me al Pistola, negoziante dopo negoziante, e ieri sera il ceffo mi ha mostrato il dito davvero, altro che allucinazioni da sbronza.

Si strofina le manacce sul grembiule insanguinato, ma se non altro non ha mannaie a portata di tiro. A me, in tutta onestà, farebbe schifo pure staccarglielo a morsi, per quanto se lo meriti.

Con estrema lentezza – o forse è solo il battito del mio cuore che mi fa vedere il resto del mondo rallentato – sospinge un po' la porta, per evitare ostacoli fra noi e, sempre piano, pianissimo, il ghigno diventa quasi sorriso. Sudicio.

«Che c'è?» gracchia, schifoso che più schifoso non si può. «Ti serve una salsiccia?»

Questo sa tutto. Ha capito tutto. E sa anche di avere le spalle parate da qualcuno o qualcosa. Forse. Non gli risulterebbe difficile farmi del male, in questo momento; né ridurmi in pezzi con un attrezzo del mestiere, né provare a massacrarmi con altri attrezzi del mestiere. Che però pare non funzionino. Ma questo lui non lo sa che io lo so.

Sono diviso in due, anche se non mi ha appeso a un gancio e tranciato a metà con una scure. Una parte di me vorrebbe sputargli in faccia per farlo sentire in colpa, fargliela pagare, ricordargli che cazzo di animale è; l'altra si trattiene per la paura, per quel pensiero che ho avuto ieri sera prima di addormentarmi, per il fatto che prima o poi potrebbe succedere pure a me e dovrei dare retta a quelli che mi vogliono bene.

Nel primo caso, lui non capirebbe una sega; nel secondo, in ogni modo, non avrei fatto giustizia a Loris.

E poi mi balugina per il cervello l'idea che non ho ancora finito il diario; che più avanti potrebbero esserci pagine risolutive che mi aiuteranno a sbrogliare la matassa; che potrei avere in mano prove più certe, prima di far casino; che mi sto tirando la zappa... o la mannaia sui piedi da solo per un miliardo di motivi.

Mi sento come quando mi sono defilato dal tavolino del bar mentre Bruno andava a pagare. Vorrei punirlo. Ma forse faccio meglio a muovere qualche passo all'indietro continuando a non dire un cazzo. All'indietro, sì, per non staccargli gli occhi di dosso, perché, se questo alle spalle non è capace di fare una cosa, potrebbe comunque farne mille altre.

Quando ritengo di essere abbastanza lontano, giro il culo e me ne vado. Oltretutto vedo che intorno non c'è anima viva. Sono stato proprio un imbecille.

«Sei fortunato che sono io» lo sento urlare a distanza.

Che vuol dire? Che se fosse stato qualcun altro mi avrebbe fatto del male? Che col passare degli anni è rinsavito? Che il Pistola invece sta in agguato sotto casa mia? Vuole impietosirmi ostentando la sua bontà e il fatto che addirittura mi sta mettendo in guardia da individui ben più pericolosi a cui questo mio indagare non va giù?

In un ghigno e in una frase del genere non mi pare che ci sia qualcosa di "rinsavito."

Cosa ho ottenuto con tutto questo, se non dimostrarmi coglione per l'ennesima volta? O sono stato anche troppo temerario? Quello è uno che non si è pentito di nulla e che non si pentirebbe di nulla manco se la mannaia sul capo o la zappa sui piedi l'avesse lui e non gli animali che macella. Non si sentirà mai in colpa. Che cazzo di giustizia avrei fatto? Che cazzo di giustizia potrò fare, se nel diario continuerò a trovare solo disegnini, ritratti di cantanti e trafiletti su vecchi programmi televisivi tagliati e incollati in ordine sparso?

Be', una cosa però c'è, e vorrei perlomeno vederla, se Bruno l'ha conservata. Forse è arrivato il momento di suonargli il campanello. Con o senza prove risolutive. Di sicuro non è pericoloso quanto Salsiccia, no? Ma magari mi saltasse addosso in quel senso...

10.SUCH A SHAME

Per quanto me ne sia andato camminando all'indietro, mi pare che questi atti impulsivi mi stiano rendendo più intraprendente. Meno "ma poi finisco sempre col non fare nulla", insomma. Difatti, sempre per caso, mi sto dirigendo verso casa di Bruno.

Solo in maniera distratta ricordo che dovrei finire di leggere il diario. Ora come ora non m'importa. Un passo alla volta arriverò dove voglio, anche se non so di preciso cosa sia questo "dove."

Non suono il campanello quasi in trance come quando sono andato dall'Adele, mi perito giusto un pochino solo perché è sabato, ma pigio con il dito deciso, e pure un po' incazzato, se ripenso all'ultima volta che ci siamo visti.

«Chi è?»

«Sono Niccolò.»

Mi sembra di udire vagamente un sospiro fiacco al di là del citofono, ma non ne sono sicuro. L'importante è che io sia sicuro di me in generale, che è già una conquista immane.

Sento l'apriporta e m'inoltro per le scale senza fare troppo caso a quanto mi sta succedendo, anzi, non lo guardo nemmeno quando, salendo la seconda rampa, lo scorgo con la coda dell'occhio sulla porta. Gli lancio uno sguardo fugace solo nell'istante in cui mi fermo sul pianerottolo e lui è ancora lì impalato. Ma ora penserà che non lo guardo in faccia perché mi vergogno? È così? Mi sto autosuggestionando?

In definitiva, lui neanche mi chiede come mai sono qui. Del resto, se lo immaginerà, per cui, dopo un primo attimo di smarrimento – suo, credo – mi fa entrare nel salottino d'ingresso.

Sono già stato qui un paio di volte, con alcuni compagni di scuola, per preparaci a una specie di saggio dove recitavamo dei dialoghi di Platone. Ma, nei casi precedenti, non mi sono trovato davanti all'immagine che vedo ora. Anche se vivevano in tre pure quando c'era ancora la moglie.

C'è un lettino con le sbarre, sistemato alla meglio in un angolo, e il padre smunto, rinseccolito, smagrito tantissimo rispetto all'ultima volta che l'ho visto, sta lì con sguardo spento, e pare che abbia cent'anni di più di quelli che dovrebbe avere.

A un certo punto, il vecchio chiama: «Mamma!» e io mi sento un imbecille per essere piombato qui in questa maniera. Finora ho fatto tanto lo spavaldo e non ho pensato che avrei potuto disturbare per un sacco di motivi – questo in primis – di cui ero a conoscenza.

Bruno si richiude la porta alle spalle e mi chiede: «Scusa.» Forse per farmi sentire ancora più in colpa. «Ma la signora che mi aiuta viene solo dal lunedì al venerdì, sicché c'è un po' di disordine.»

Lo guardo spaesato e balbetto un qualcosa che mi pare esca tipo: «Fa niente.» Così, quasi per istinto di difesa in una situazione di totale vergogna, mi dico che questo col cavolo che può permettersi di andare a fare giratine in Versilia per divertirsi con chissà chi. Al più si trastullerà sulle chat. Ma abbiamo davvero qualcosa che ci può accomunare, volente o nolente?

E ora come cavolo gli chiedo quello che volevo sapere? Mica posso aspettare che sia di nuovo lui, a entrare nel discorso. È lì, nei pressi di una specie di tavolino vicino al letto che porta via un piatto sporco di purè rappreso con sopra della carta assorbente appallottolata, e sento che c'è pure puzzo di tante altre cose, nonostante lo zampirone sul davanzale della finestra spalancata. Quella da cui mi vede se mi fermo al bar.

Al di là dei pantaloncini corti e della canottiera sexy che gli sta divinamente, la situazione alla resa dei conti non è nemmeno così allettante. Non per le infradito che io avrei evitato, ma per il contesto in generale. E poi, poveraccio, è in casa, mica aspettava visite.

Lo seguo in cucina, per non sembrare indiscreto, mentre mormoro: «Anche la nonna della Cristina...» Esito. «Insomma, io so che è difficile, mi dispiace.»

Lui sbuffa un sorriso amaro dalle narici, riordinando delle cose sul ripiano dell'acquaio. «Ora va abbastanza bene, è la notte che non si dorme mai.»

«Se ne fossi capace, ti aiuterei.»

«Mi sa che non hai ancora deciso, ma Scienze Infermieristiche è meglio se la lasci alla Cristina.»

Si volta e ride, mentre io mi rendo conto di essermi lasciato andare al "tu" stavolta, senza che lui abbia commentato la mia uscita in quel senso.

«Non è che ci abbia riflettuto molto negli ultimi giorni.»

«Già» riprende lui, con ancora in faccia un mezzo sorriso che me lo fa vedere più affabile rispetto alla volta precedente. «E i cimiteri dove si riflette bene portano un sacco di altri assilli.»

Ci è entrato un pizzico, e forse, nel frattempo, pure lui ha ripensato al nostro ultimo dialogo; forse lì per lì si è sentito braccato, fra quel che aveva potuto raccontarmi la zia e le mie perplessità inerenti il presunto suicidio di Loris.

Non me la sento proprio, adesso, di tornare di là in salotto a fargli il terzo grado su quanto può o non può sapere suo padre, se può entrarci qualcosa e se, potendo ricordare, sarebbe capace di fornirmi ulteriori dettagli. Non può. Ma Bruno sì, accidenti...

«Ce l'hai ancora la Polaroid?»

Bruno socchiude gli occhi e mi guarda intento. «La Polaroid?»

«Sì, quella che ti facesti con Loris. Lui ha conservato la tua e tu dovresti avere la sua. Io non l'ho mai visto e mi sarebbe piaciuto vederlo.»

«Chissà perché avevo intuito di quale Polaroid stavi parlando...» Bruno non ha cambiato espressione e non si è mosso di un millimetro. «Però non so come fai a sapere di questa storia.»

«È importante come l'ho saputo?» tento. Anche se stavolta è inverosimile che possa avermelo detto la zia. Se la saranno fatti in gran segreto mentre nessuno li guardava. «Io volevo solo vedere la foto.»

«È importante perché voglio sapere fin dove ti stai spingendo per curiosare su questa vicenda.» Il mento reclinato sul petto, lo sguardo di sotto in su, il mezzo sorriso sparito. Ma, allora...

«Quindi mi confermi che c'è qualcosa di pericoloso?»

«Niccolò, piantala!» Mi sa che si sta incazzando. E non c'è nemmeno il ripiano della cattedra per batterci il palmo. Ci sono io, da battere. Senza la Preside a una rampa di scale. Ma non lo farebbe mai, su! «Dimmi cosa combini e ti faccio vedere Loris, così non ci si pensa più.»

L'ha conservata!

«Ma...» Non importa che gli parli del diario segreto, vero? «Adele mi ha dato delle cose.»

«Adele?» Lo saprà come si chiama la mamma di Loris? «Che tipo di cose?» Forse sì. «Che c'entra la foto?» Ora pare più nervoso di me. No, meglio non dire del diario. «È di qua.»

È di là!

Bruno si imbuca nel corridoio e lo seguo in una camera di legno scuro come lui.

Brrr... È stato su quel letto con la moglie. Preferirei stenderlo sulle mattonelle, piuttosto che lì.

Lo vedo trafficare a un cassettone e tirare fuori una scatola con dentro dei fogli. Saranno lettere? Avrà conservato ricordi di Loris, di altri, della moglie, chissà di chi e per quale motivo preciso...

Mentre sono qui che lo osservo penso che sì, deve essersi preparato dall'ultima volta, per quanto non potesse esserlo proprio in riferimento alla Polaroid, perché avrà capito che nel frattempo ho continuato a pensarci; che tanto lo so che lui è come me; che è inutile che continui a nascondersi almeno in mia presenza; che non sarò contento finché non mi dirà qualcosa di più. Mi sento scemo al pensiero che l'ho inserito fra gli indiziati, ma di certo non lo chiamerò "Ciccino" per questo.

D'un tratto lo vedo allungare un braccio, e sotto il naso mi compare un quadrato come quello che ritraeva lui nel diario di Loris.

Questo è Loris.

Sospiro.

Non me lo ero immaginato esattamente in questo modo, però è carino, davvero, e i capelli sono ramati, mossi, un po' lunghi, la faccia è truccata, i vestiti coloratissimi e scombinatissimi, come le tazzine della sua mamma. Oggi come oggi mi farebbe ridere uno così. Non è né un travestito né una drag queen, è giusto un ragazzo fuori moda. Un pochino forse lo sono anch'io, perlomeno nel capo, e mi sento stronzo all'idea di aver pensato – io, proprio io! – che mi facesse ridere. Figurarsi gli omofobi ottusi dell'epoca. Ma la cosa che più mi fa star male è vedergli questo bel sorriso che... boh... gli occhioni verdi non sorridono. E allora mi tornano alla mente le ultime pagine che ho letto sul diario, quelle su Salsiccia e il Pistola, nonché gli occhiacci di Salsiccia, poco fa, e quelli ancora più minacciosi del Pistola, ieri sera.

«Lo sapevi cosa gli facevano?» mormoro, non troppo convinto di mormorarlo a lui.

«Lo prendevano in giro.»

Non riesco ad alzare gli occhi dalla foto. «No, Salsiccia e il Pistola.»

«Lo prendevano in giro» ripete. Ora il tono è diventato cupo come al bar, ma io continuo a guardare Loris, come se mi stesse dando la forza per andare avanti. O forse è dentro di me. Per via del samsara. «Un paio di volte so che hanno fatto a botte. Ma non c'entrano niente con...»

«Non è vero!» rialzo gli occhi su di lui. Ora è lui che fa incazzare me. «Sai benissimo di cosa sto parlando. Loro c'erano quando è morto, e c'eri pure tu, con loro. Perché?»

Lui grugnisce, spalanca i palmi tremanti e si volta dal lato opposto, scarruffandosi i capelli. «Ma cosa ti stai mettendo in testa?»

Poi si rimette in moto, furioso, e torna in cucina, dove lo seguo pure io non poco agitato. Comunque bene così, continuavo a sentirmi troppo a disagio di là.

«Perché eri con loro? Cosa è venuto a dirvi?» insisto.

«Ascolta...» Lo sento prendere fiato, ma mi dà le spalle pure qui, rivolto verso la finestrella vicina all'acquaio. «Non so cosa ti abbia detto la madre di Loris, però...»

«La madre di Loris mi ha detto quello che sanno tutti, testimoni compresi, voi!»

«Ecco!» Si gira e mi guarda con gli occhi sgranati. «E allora quello che è successo è chiaro.»

«E come mai tu eri con loro?»

Mi rendo conto di aver alzato la voce, perché lui si è voltato verso il corridoio. Ma tanto il padre non può capirlo, no? «Tuo padre non...»

«Mio padre non c'entra niente.»

«No, io volevo chiederti solo se capisce, se...»

«Ma cosa vuoi che capisca...» Scuote il capo, apre la lavastoviglie, e si mette ad armeggiare all'acquaio e a un armadietto come se lo stesse facendo a caso, per impegnarsi in qualcosa. «All'epoca sì, che capiva, e pensi che allora sarebbe stato semplice fargli accettare che stavo meglio con lui che con loro?»

"Lui" è sicuramente Loris. "Loro", Salsiccia e il Pistola.

«Loro erano dei bulli, dei delinquenti, degli stupratori!»

Bruno si blocca, chino sulla lavastoviglie, poi alza il capo, piano. «Io non so come e da chi tu sia venuto a conoscenza di queste voci che possono essere vere e non vere, ma...»

«Tuo padre ti ha detto di non farti vedere più in giro con lui e ti ha incitato a fare il ganzo con quelli che si mostravano forti e maschi» concludo. È definitivo. «Bei maschi forti, sì.»

«Gli stai mancando di rispetto in un momento in cui lui non...» Alza il dito indice, e un po' la schiena

Ma io lo interrompo: «Il rispetto per me è un'altra cosa.» Eppure sì, è credibile che Loris a Bruno non abbia raccontato nulla di questo. Però... «Però, anche se Loris non ti ha mai detto niente di preciso, non puoi non aver capito, frequentando lui, loro.»

«Ero un ragazzino, come te.»

«No, io ho l'età che aveva Loris!»

Mugola, rialzandosi del tutto: «Ma la percezione di queste cose, prima... ora...» Sembra confuso, e sbuffa, strofinandosi un palmo sulla fronte. «Erano cose più grandi di me.»

Lo pensavo anch'io.

«E quando sei diventato grande?» lo incalzo, senza più paura. «Che hai fatto perché diventassero più piccole di te? Un test per l'HIV per sposarti senza sensi di colpa?» rido, sentendo che la sto facendo fuori dal vaso.

Bruno difatti inclina il capo di lato, con una smorfia, quasi mi stesse prendendo in giro lui. «Se l'ho fatto più avanti, non è stato certo per Loris.»

Mi blocco e ricapitolo le idee. Sì, forse Loris con Ciccino si è scambiato solo un bacio, né è detto che quel miasma putrido del Pistola gli abbia attaccato chissà cosa, se è il più vivo e vegeto di tutti, ma Bruno avrà comunque avuto le sue esperienze, al di là della copertura.

«Non dice niente...» Scuoto il capo, fissando l'angolo del tavolo, poi l'intera tovaglia d'incerato a quadretti bianchi e rossi, comune, straniante, in una scena come questa, e mi accorgo solo ora di avere ancora in mano la foto di Loris, così l'appoggio sul ripiano. «Non sembra uno che voleva suicidarsi.»

«Eh?» Bruno arriccia il naso. «Ma che dici?»

«C'era una specie di diario di appunti, fra la roba di Loris.» Glielo dico. Sì, glielo dico. Basta! Devo togliermi troppe cose dal gozzo. «Solo disegni, canzoni, immagini di cantanti.» Mi stringo nelle spalle, come a minimizzare l'importanza del reperto. «La tua foto...»

«Cioè...» Lo vedo deglutire. «Tu mi stai dicendo che hai un diario di Loris, dove...» Sospira e scuote il capo. «E tu stai leggendo...»

«No, ma ti giuro che non c'è scritto nulla, e proprio per questo io non penso che...» Mi freno, mettendo le mani avanti in tutti i sensi, eppure non sono pentito di quanto ho appena detto, anche se evito di confessare che non ho ancora letto l'ultima parte, dove potrebbe esserci altro.

Sbuffa più forte, si rispalma la mano in fronte e siede al tavolo, gomito sullo spigolo con la tovaglia d'incerato a quadretti bianchi e rossi, comune, straniante, una gamba di traverso. «No, ora io voglio che tu mi dica tutto.»

Peggio della zia, questo.

«Ti ho detto: a parte quella frase sul fatto che lui aveva la tua foto e tu la sua, non c'erano cose intime.» Sorvoliamo sul "bacino." «Solo una pagina cancellata dove sono riuscito a decifrare quella cosa di Salsiccia e del Pistola, e non è giusto che... che...» Una pagina nel tuo diario... «Che loro oggi siano uno in giro a spacciare e uno in negozio a chiedermi se voglio una salsiccia.»

Rialza il capo di scatto. «Non sarai andato a parlare anche con loro?»

«No, col Pistola no, mi sono solo fatto vedere prima da Gino.» "Gino" è meno inquietante, più comune, come la tovaglia d'incerato a quadretti bianchi e rossi. «E...»

«Ma te sei scemo!» urla.

Sì, okay, io ora posso dargli del "tu" e lui può darmi dello "scemo" tipo la zia Elena senza che io vada a lamentarmi dalla Preside. A una rampa di scale.

«Lo hai detto te che tanto loro non c'entrano nulla.» Sfacciatino, ma ci sta. E poi io voglio sapere di quel giorno. Se non trovo niente di risolutivo nella parte rimanente di diario? Io non posso giocarmi questa opportunità, e lui non può interrompersi così o divagare sul Pistola e quant'altro. «Ma che è successo?» Loris si era accorto che si trovavano sempre tutti e tre sull'argine, e poi? «Che vi ha detto quando è venuto da voi mentre stavate giocando a pallone?»

«E chi se ne ricorda? Avevo tredici... quattordici anni...» Caccia il discorso come se fosse una mosca fastidiosa e merdosa. Non gli credo. «Ora basta con questa storia.»

«No, che non basta» alzo la voce, spazientito.

«Ma non capisci?» Si alza, spalancando di nuovo i palmi, e stavolta pure le braccia. «Cosa pensi? Che uno che si butta sotto a un treno poi sia come un vecchietto morto nel sonno? Che sia stato un bello spettacolo vedere quello che abbiamo visto?» Ora gli fanno pena loro invece di Loris? «Lui dopo era...» Deglutisce ancora e lo sguardo mi spaventa più delle sue parole. «Una gamba di qui...» Sembra quasi che singhiozzi, ma gli occhi sono asciutti. «La testa di là...» Stringe i pugni, quasi stesse cercando di spremere quello che non riesce a dire. Come io dall'esofago. «Ho vomitato per mesi.» Prende fiato. «Se mio padre...»

Non finisce. Mi sembra di aver capito comunque quello che avrebbe voluto dire. Riguardo il dopo. La protezione dopo, da parte del padre. Il prima è stato brutto in ogni caso.

Però rimango fermo. Zitto. Anche se stavolta lui ha parlato tanto, per quanto abbia lasciato altrettante cose in sospeso. Non mi sarei aspettato di arrivare a questo punto, e forse nemmeno Bruno. Ma evidentemente era da una vita che aveva bisogno di sfogarsi con qualcuno sull'argomento.

«Eri tanto innamorato?»

Bruno mi fissa come se ci stesse pensando. Come se non ci avesse mai pensato. E non sta pensando a me. «Lo avevo idealizzato.» O forse sì. Scuote il capo. «Loris era un grandissimo stronzo.»

«Ma...» No, questo non lo può dire! Mi ha fatto venire un colpo con quest'ultima frase. Anche più del vederlo avvicinarsi paurosamente.

«Era uno stronzo» insiste, con rabbia.

«Perché?»

Mi rendo conto troppo tardi di averlo preso per la canottiera, quella che gli sta tanto bene, sì, ma mai avrei immaginato una stretta così in un momento come questo.

«Perché...»

Mi acchiappa per il viso e mi ficca la lingua in bocca. Con rabbia. Mi manca il respiro. Non è come i bacetti della Cristina. È duro, è forte, è da perderci la testa. Però, non so come, non ce la perdo. Cerco di acchiapparlo, di avvinghiarmi anch'io, e il coso non vuole collaborare, perché non posso fare a meno di pensare che non volevo che succedesse così, così con lui, e che non so se lo sta facendo perché...

Mi stacco io con furia. Da non crederci. «Che c'è? Vuoi dimostrarmi che ti ho idealizzato? Che sei un grandissimo stronzo?»

Mi aspetto una sberla, e invece mi guarda in un modo che mi passa attraverso, come se stesse guardando lontano. E allora penso che forse voleva solo baciare di nuovo qualcuno che gli ricordasse Loris, per capire com'era, col senno di poi, per stare con qualcuno di diverso dai nascondigli frequentati nel resto della sua vita. Così me lo riprendo io e ricomincio a baciarmelo per bene, ma non c'è, non c'è nulla di chimico. Non capisco perché. Non so se è per la situazione, per il padre di là o perché a volte quando le cose capitano sono diverse da come te le eri immaginato. Solo che è lui ora a staccarsi e a fare un cenno rigido con la mano come a dire "basta."

«Ma perché ogni volta comincia bene e poi finisce male?» mi scappa, ripensando al bar.

«Perché non deve cominciare» scandisce lento, a occhi spalancati.

«E come mai?» No, basta, i pensieri mi escono di bocca così, come i baci, a raffica, stavolta non riesco a fermarmi. «Da qualche parte dovrò pur cominciare, no?»

Se non altro lui adesso scuote il capo ma ride. «Ti voglio un sacco di bene Niccolò, però devi uscire subito da qui.»

Mi butta fuori di casa in questa maniera, quando in verità ha fatto tutto da solo. Quasi.

«Che peccato!» Spalanco gli occhi, anch'io, con teatralità, mentre i Talk Talk mi rintronano in testa con quella canzone sul tizio che usava i dadi per dare incertezza alle azioni della sua vita. Una vita su ogni faccia del cubetto. E questi miei scatti impulsivi, non più da "ma poi finisco sempre col non fare nulla", sento che, anche se sto facendo infine qualcosa, mi stanno spingendo a imboccare percorsi diversi, una vita da vivere diversa.

«Mamma!»

Il padre che chiama. Non ci voleva, e mi sento cattivo.

La magia si è rotta.

Ma c'era?

Lo seguo nel salottino dove c'è il letto con le sbarre, mentre tento di distinguere un pensiero dall'altro. "Mamma..."

«Ti interessa tanto quella foto?» butto lì, in un attimo di silenzio interrotto di tanto in tanto dai lamenti del padre. Cerco di sondare quello sguardo vuoto di vecchio malato, che quando chiama la mamma per ricevere cure invece dimostra cento anni di meno, e risuona ormai lontana l'idea del barlume di loquacità, che possa pensare di essere nel 1987, di lui che mi chiama Loris e che mi chiede scusa per avermi ammazzato.

«Se l'ho conservata finora, secondo te?» mi risponde con calma, mentre aggiusta la posizione delle spalle del padre sul guanciale, afferrandolo sotto le ascelle da dietro la spalliera.

«Non era per me, era per la sua mamma.» È la verità. Lo giuro. Mi è venuto spontaneo in questo momento. «Non so se ne ha, non c'è nemmeno al cimitero. Tu sai come mai?»

Scuote il capo, sempre senza guardarmi. Chissà se si vergogna di quanto è successo. Ma quante sono le cose che non so?

Lo osservo mentre si dirige verso la cucina e lo vedo tornare con la foto di Loris in mano. «Però prometti che la darai a lei.»

Io non me ne sarei privato neanche per l'Adele, ma vai a sapere se per lui è un rimuovere ulteriormente quanto è accaduto in passato.

«Prometto.»
Ohiohi...

Magia o non magia, il siparietto è finito.

Ho baciato Bruno. In casa sua. E me ne sto andando.

Con la voglia di andarmene.

Such a Shame...

11.THE RIDDLE

Sono davanti al video di *The Riddle* di Nik Kershaw. Lui... minuscolo ma bellino. Il testo è surreale-visionario, quasi incomprensibile, tipo *Siddharta*. Per non parlare del video, che in confronto *Alice nel paese delle meraviglie* è la razionalità fatta libro. Da guardarsi più volte di seguito per restare abbacinati dai colori e dalle immagini senza senso, continuando a non capirci una pippa e facendoselo piacere comunque. In ogni modo, il protagonista ha un enigma da risolvere, mentre dei saggi lo stanno ostacolando, e io pure. Ho già sentito questo giro strumentale in qualche cover, ma l'originale è la versione migliore.

E finisco di guardare bocche nel muro e bollitori appesi alle pareti, giullari impazziti e colombe nei cassetti, fino al punto interrogativo finale – nel video e nella mia testa – che si rivela essere la casetta in cui si è svolto il percorso dei personaggi.

Sono stracolmo di pensieri. È sabato sera e mi ritrovo chiuso in camera a guardare video pensando a vecchi diari, anche se oggi ho baciato l'uomo per cui ho una cotta da anni.

Vorrei raccontarlo alla zia, vorrei raccontarlo a qualcuno e, se non ce la faccio, non è per rompere una magia che alla resa dei conti non ho avvertito, ma perché ci sono un sacco di cose che non mi quadrano, e prima di sfogarmi vorrei sbrogliare questo garbuglio.

Mi volto verso il diario abbandonato sul letto e lo afferro con malavoglia, timoroso di trovarci qualcosa che potrebbe scombinare quanto ho detto e fatto in questi ultimi giorni. Ritrovo con difficoltà il punto dove ero rimasto, perché tutto si perde ancora fra disegni e ritagli, ma la brutta pagina scarabocchiata è ancora lì, inesorabile.

Penso che in ogni caso potrei usarla come prova. Ma come? Vado dalla polizia e dico di arrestare due tizi che tonfavano un tizio che è morto trent'anni fa? Mica sono uno di quegli avvocati di *Chi l'ha visto?* Si può fare una cosa del genere? Loris l'avrebbe fatta? No, non ha fatto nulla. Perché aveva paura che gli facessero del male in maniera ancora più grave? Meccanismo psicologico che non si addice a un potenziale suicida. Forse li ha minacciati, ha detto loro che li avrebbe denunciati, e allora lo hanno ammazzato.

Non so... andando avanti con le pagine, mi sembra che non ci sia nulla di nuovo, nulla che potrebbe aiutarmi, anche se una fantomatica presenza nella mia testa – ora sento pure le voci – mi bisbiglia beffarda che qualcosa in mano già ho, sebbene non me ne renda conto. Una pagina nel diario... Ma quale? Cosa?

Procedo e, a un certo punto, vedo un paio di frasi intorno a un disegnino. Sembrano quasi il Pistola, Salsiccia e Bruno da giovani, stilizzati. Nella prima frase c'è scritto: "Ma andate tutti a fare in culo..." e nella seconda: "Prima o poi gliela faccio pagare."

Quindi aveva in mente di fare qualcosa! Voleva andare dalla polizia. E come mai ci metteva in mezzo Bruno? Solo perché il padre gli aveva detto di non frequentarlo più? Bruno sembra sempre che sappia meno di quello che dovrebbe sapere... o forse ha rimosso tutto, per via di quella cosa della gamba di lì e della testa di là. Esofago. Orrore. Multitasking cerebrale.

Bruno...

Non ce la faccio più, sicché chiamo la zia.

«La devi smettere di metterti nei casini!» sbotta, non appena finisco di raccontare tutti gli ultimi avvenimenti. E pensare che credevo di sfogarmi con la narrazione del bacio dei miei sogni... che poi tanto di sogno non è stato. «Non ti è ancora passata la fissa per questa storia?»

Le avevo pure detto che nel diario non c'era niente di importante, e ora sono costretto a rettificare l'informazione. «Secondo te dovrei denunciarli?» domando, alla fine.

«Ma cosa vuoi denunciare?» Sembra spaesatissima.

«La violenza. Basterebbe la violenza» specifico, col tono di quello che non sta dicendo qualcosa di preoccupante comunque.

«Hai pensato ai parenti, al fatto che hai in mano solo una pagina scarabocchiata e che sono passati trent'anni?»

Sì, ma... «Non si può lasciar perdere tutto così.» Però, in effetti, all'Adele ci penso anche senza il "ma." «Devo chiedere alla sua mamma?»

«Niccolò...» mugola, e sbuffa. «Ti rendi conto di quello che stai dicendo, del casino che faresti?»

«E Bruno?» Ancora in multitasking cerebrale.

«Appunto, già hai fatto un macello con lui.»

«Ma io intendevo...» Ora mugolo io. «Non mi dici niente di quello che è successo?»

«Immagino che se mi fosse capitata una cosa del genere da ragazzina ne sarei rimasta segnata per tutta la vita. Già ricordo in maniera morbosa un ragazzo che mi piaceva che morì in un incidente d'auto, figurarsi una cosa del genere...» Si blocca un attimo, e non la capisco. «Sì, mi darebbe fastidio se un ragazzino, oltretutto mio ex studente, venisse a farmi tutte queste domande.»

Ma che cazzo c'entra?

«Io dicevo del bacio! Volevo che tu commentassi il bacio, il fatto che è stato tutto diverso da come lo immaginavo!» mi lagno.

«Perché lui era incazzato, come mi sto incazzando io ora. Finalmente avrai percepito qualcosa che ha fatto lui come una paternale non da amante.» Questa è contorta, ma potrebbe azzeccarci. Forse almeno un cazzino c'entra. Ma proprio ino ino. «Che vuoi che ti dica? Tu vuoi sentire solo quello che ti pare, come per tutto il resto, come per Loris, e ancora non ti sei fatto una ragione di questo suicidio.»

Io sono posseduto dal mio scopo e lei da Siddharta.

«Però, se succedesse una cosa del genere al giorno d'oggi, vorrei riuscire a...»

«Senti!» Sì, sento, perché si è fatta più allegra. «C'è ancora tanta luce fuori stasera, e in giro c'è un sacco di gente.» Vuole uscire? Non ci credo. «Io mi sbronzo mentre gioco a FarmVille.» Ah, ecco. «E tu dici ai tuoi che vieni a dormire da me, così non stiamo a ciacciare al telefono, okay?»

L'idea non è entusiasmante, ma sarebbe salutare. L'ho fatto tante volte e alla fine abbiamo sempre riso fino ad addormentarci nel suo lettone. Il discorso dell'alcolizzato cronico lo rimando di nuovo a fra qualche decennio. Che vuoi che siano due bicchieri con una parente adulta?

«Okay!» rispondo, solo vagamente disturbato dall'idea di dirlo ai miei.

Riempio lo zainetto con la roba di Loris, un paio di mutande e uno di calzini, e m'incammino per le vie fatte di luci, colori, e gente che si sta divertendo. Passando davanti al pub, mi pare di vedere il Pistola da lontano, ma mi giro subito dall'altra parte.

Non è serata.

Spero che non mi abbia visto.

Anzi, cammino pure più veloce, per arrivare a destinazione.

Stavolta la zia impiega un po' di tempo ad aprire. Quando arrivo su, è già sistemata alla scrivania del pc col cartoccio di vinello rosso dell'Eurospin e un bicchiere preparato anche per me. Mi sto dando alla pazza gioia in questi giorni. Che poi non mi si venga a dire che mi riprometto di fare un sacco di cose e non le faccio. Dipende cosa, eh...

«Metti Nik Kershaw» le dico, ammiccando il vecchio stereo grazie al quale lei non avrà bisogno di andare in multitasking mentre raccatta pomodori finti. Tanto quel disco ce l'ha di sicuro. «Voglio sentire la canzone dell'enigma a ripetizione finché non mi fa venire in mente come potrei risolvere il caso.»

«Seee...» sbuffa, tuttavia accontentandomi. Le funziona ancora il piatto per i vinili, e così è molto più d'atmosfera. «E te fammi vedere codesto famigerato diario, tanto lo so che l'hai portato, dai!»

Mi fa piacere che si sia staccata dalla fattoria e che si stia sedendo in poltrona. Il gatto nero non si sposta di un millimetro, così lei sta un pochetto di traverso, tutta storta. Cerco quindi di accomodarmi sulla poltrona speculare, mentre il gatto rosso schizza via non capisco dove, quasi tema che io stia per schiacciarlo. Rimane lo stereo in mezzo, e questo è l'importante, quanto il diario che acciuffo per sfogliarlo a caso.

«La cosa che mi dà più noia è che non c'è nulla, non un indizio, non un racconto riferito a quanto gli stava succedendo, a parte questa paginaccia che...» Agito un palmo, sempre più scoraggiato. «Non c'è altro, si ferma mesi e mesi prima della morte.»

La zia mi toglie il diario di mano e si sofferma a lungo sulla pagina scarabocchiata, mentre io ricordo ogni frase a memoria. Si strofina un palmo sulla faccia, con aria sgomenta, poi anche lei sfoglia un po' in qua un po' in là con fare vago. Piano piano, inizia a scuotere il capo. «La gente che vuole suicidarsi davvero non lo racconta. Chi lo fa è perché vuole essere salvato.»

Mentre lo dice, si alza per prendere il cartoccio e riempie i bicchieri, così la butto sul sarcastico: «Quindi chiunque non parla di suicidio sta per suicidarsi?» Prendo lo stesso il bicchiere riempito. «Non si può morire per un cartoccio di Sangiovese, vero?»

«Ma quanto sei scemo...» Scrolla le spalle. «Non devi stupirti per il fatto che non ci sia scritto nulla di quello che aveva in testa, lui si svagava con le cazzate, ma dentro di sé era convinto di quello che voleva fare ben prima di ammazzarsi, come ogni persona che arriva ad ammazzarsi.» Posa il bicchiere già mezzo vuoto a terra e riacchiappa il diario. Sfoglia, sfoglia, stizzita. «E poi guarda, ci sono pure quelle che tu chiami prove.» E sbatacchia una mano sulla carta, per poi appoggiare il diario sul tappeto.

Io considero di sfuggita scritte e disegnini, Madonna, accademie, arti, sfoglio due schemini di make up nelle pagine vicine, ma quello che devo capire è... «E Salsiccia? E il Pistola?»

«Sei stato un grande imbecille a farti vedere da loro.»

Che c'entra? Sì, un po' poi scopro sempre che dovrebbe entrarci qualcosa, quando parla lei, che ha QUASI sempre ragione. Di Psicologia in definitiva ne ha studiata anche più di Bruno. Però...

«Ti ho raccontato che il Pistola l'ho visto solo da lontano. Salsiccia è meno peggio.»

«Figurati!» replica lei, stridula. «Quello era capace di tonfare chiunque lo trovava quando già grandicello giocava ancora con le macchinine.»

«Che coglione vergognoso! Io...»

Ma la zia mi distrae, lo so, lo fa apposta, o forse è davvero alticcia, perché cambia disco e si mette a ballare come una scema a piedi nudi sulle Bananarama. Prima la cover di *Venus*, poi *Cruel Summer*... e rido, e ride, così anch'io, ricordando le tre cantanti che ho recuperato sul tubo, con le salopette da meccanico e le banane in bocca.

La zia mi lancia frecciatine su Bruno. Ora che è brilla, pare più contenta lei di me per il fatto che l'ho baciato.

Finiamo per buttarci sul letto, lei col vestitino colorato, io mezzo nudo per il caldo. Lucifero, o come cazzo si chiama quest'ondata di caldo, mi sta ammazzando. Non mi importa più nulla di Loris. Nemmeno di Bruno. Silenzio la suoneria del cellulare. Ho voglia di ridere, ma anche di dormire.

12.CRUEL SUMMER

Mi sveglio intontito, anche se la testa non gira perché non ho bevuto quanto l'altra sera. Comunque mi ci vuole un po' per raccapezzare le idee e capire che sono nel lettone della zia. Mi guardo intorno, lei non c'è e non sento nemmeno un rumore. Ci sono però i gatti. Tutti e due. In fila. Col resto di zero. Al posto della zia. E mi scrutano con sguardo truce, come a dire: "Che vuoi? Non puoi permetterti di stare qui!". Stanotte credo pure mi abbiano passeggiato addosso, e io, più o meno involontariamente, devo aver tirato qualche calcio sparso.

Apro un mezzo sbadiglio, strofinandomi gli occhi, e mi munisco del coraggio per buttare i piedi giù dal letto, perché mi scappa la pipì.

Arrivo scalzo in bagno, sfogo una pisciata dirompente e infinita, e faccio il giro della casa. La zia non c'è proprio. E neanche un biglietto sul tavolo, da qualche parte, che mi avverta e che mi spieghi la causa della sparizione.

Il gatto nero mi sfreccia fra i piedi rischiando di farmi inciampare, mentre quello rosso sul cotto manco si vede e sto di nuovo per schiacciarlo. Credo si siano messi d'accordo per rompere i coglioni all'ospite indesiderato.

Vado alla ricerca del cellulare, che ho buttato chissà dove in salotto con parte dei vestiti e della roba di Loris che era nello zaino. Per terra c'è un bicchiere con un fondino di vino annacquato che puzza di schifo. Fuori dal frigo... Non ricordo neanche se ce l'ho lasciato io o la zia.

Trovato!

Guardo il display del cellulare.

L'una e mezzo? Ma quanto cazzo ho dormito? C'è una chiamata persa, della mamma. Forse voleva sapere se tornavo per pranzo, ma mi sa che ormai ha capito che non ce la faccio, o nel frattempo si è sentita con la zia. In ogni caso, se ho dormito indisturbato fino all'una e mezzo, è stato anche perché lei non ha avuto modo di piombarmi in camera avvolta in un alone di trippa.

Rimetto insieme alla meglio le mie cose, torno in bagno a sciacquarmi, e ancora non ho la voce e lo stato d'animo per chiamare una delle due.

Corridoio.

Indolenza.

Rumori all'entrata.

La zia irrompe con un pacchetto infiocchettato in mano e mi guarda mentre richiude la porta con una spinta del fianco, barcamenandosi fra le chiavi e la borsa. «Sono stata al bar, ho preso un po' di paste, pranzeremo con cibo da colazione.» Così mi piace. «Tanto alla tua mamma l'ho già detto.» Ah, ecco, allora non la richiamo. «Però prima siediti.»

Perché?

Non capisco. Devo sedermi in poltrona perché vuole farmi la ramanzina per qualcos'altro? Non è stata lei a bere e a spingermi a bere?

Ci ritroviamo così nella stessa posizione di ieri sera, con lo stereo in mezzo, che tuttavia adesso è spento. Una cosa tristissima e noiosissima. Se non altro, in presenza della zia, i felini si sono calmati e saranno chissà dove, lontani dalla portata della mia vista.

«Che c'è?»

«Eh...» Butta un occhio al mio zainetto, quasi fosse lei a voler tornare sul discorso. Ora come ora però non ce la potrei fare nemmeno io. «Al bar ragionavano di una cosa che è successa stanotte.» La fisso perplesso, lei appare titubante. E io che c'entro? «Hanno trovato il Pistola nel bagno del pub.» In che senso? Mentre violentava qualcuno? Ho finalmente modo di far riaprire questo caso? «Per ora non si sa la causa certa della morte, ma di sicuro non si è ammazzato col Sangiovese.»

Sento che mi viene da dire qualcosa, ma non ce la faccio, e pure da ridere, forse per il nervoso, forse perché sono stronzo. Ma mi piaccio così. Anche perché più che altro è per la battuta sul Sangiovese. Più che altro. Non del tutto.

Continuo a fissare la zia in silenzio, mentre lei fissa me. Il Pistola è morto. Non si è ammazzato in maniera cosciente, immagino, ma con la vita che ha fatto e che faceva se l'è andata a cercare.

«Chissà come sarà contenta l'Adele...» mi scappa da dire, stralunato.

L'Adele!

All'improvviso, Buddha mi manda un'illuminazione.

Una pagina nel diario.

Non riesco a riflettere in maniera logicissima, e forse non ho ancora trovato quello che stavo cercando, ma c'è il caso che la zia avesse ragione, e devo averne la certezza.

L'Adele. Una pagina nel diario. Posseduto dal mio scopo, rischiavo di non vedere ciò che avevo davanti agli occhi. E pensare che Siddharta il consiglio me lo ha dato prima che io mi ritrovassi davanti agli occhi quella pagina di diario...

«Zia, non è che mi presteresti le paste? Le porto all'Adele. Così, a mani vuote, non mi parrebbe carino.»

«Cioè...» Lei scuote il capo, col labbro inferiore pendoloni. «Ma vuoi davvero andare dalla mamma di Loris... ora?» calca a fondo soprattutto l'ultima parola.

«Sì, sì.» Annuisco più fra me e me che in risposta a lei, rialzandomi. «È importante. Mi è venuto in mente che potrei avere la soluzione.»

In pratica sono già col palmo sulla maniglia. La zia, dietro, non spiccica parola. Forse non crede che voglia scappare così, sul serio.

«Ma... ma è domenica» balbetta, incredula. «Avrà i parenti.»

Non m'importa, devo farlo assolutamente. Subito. Se non mi tolgo questo dubbio adesso, non ne avrò più il coraggio. Ora che mi è passato dal cervello, è bene non perdere il filo.

Vado. Saluto. "Sul serio."

Faccio la strada così sovrappensiero che mi ricordo solo all'ultimo momento di guardare quando attraverso. Fortuna che era solo un ciclista, che mi ha dribblato con una bestemmia. Chi mai dovrebbe esserci a giro di domenica a quest'ora e con questo solleone?

È proprio una *Cruel Summer* come quella delle Bananarama. In tutti i sensi. Anche se per loro lo era soltanto perché erano rimaste in città senza il tipo che le aveva lasciate. Un problemone.

Arrivo nei pressi del negozio di computer. Tutto chiuso, negozi defunti, saracinesche abbassate, ma dalle persiane di Adele arriva un suono di televisore e delle chiacchiere.

Non so di preciso cosa dire, né come fare, tuttavia suono il campanello più convinto della volta scorsa e, quando specifico al citofono chi sono, mi vedo apparire davanti un'Adele tutta festosa. Il mezzo pigiama no, è sempre sdrucito, però ora vira sul giallo canarino, con la pelle e i capelli bianchi che si perdono in questa luminosità.

Io metto avanti le paste, reagendo al suo invito a entrare.

«Sei venuto a festeggia' il morto?» Ma... questo è oggettivamente cattivissimo e poco illuminato, ma in un certo senso sì. «L'hai saputo che gl'è successo, vero?» Annuisco, mentre scorgo alla tavola un po' sparecchiata, un po' ancora piena di briciole, Marianna che mi fa "Ciao, ciao" con la manina, come Boy George sul Mississippi. «Vieni, vieni, mettiti a sede', tanto siamo solo io e lei, i bimbi sono al mare cor su' babbo.»

Già, Marianna è separata.

«Che ti porta di bello?» mi dice quest'ultima.

«Veramente...» Mi vidimo nello zaino. «Sono io che porto qualcosa.» E le porgo il *Siddharta*, che lei afferra lenta, premendosi l'altra mano alla bocca. Lo fissa intenta, poi apre la prima pagina, dove c'è l'augurio al fratello. «L'ho trovato fra la roba di Loris, e visto che c'erano gli auguri di Natale sopra, mi sembrava carino ridartelo. Lo avrei lasciato qui, ma dato che per combinazione ci sei...»

Marianna fa per allungare il libro alla madre, ma Adele si volta dal lato opposto, borbottando: «'un me lo fa' vede', 'un me lo fa vede', sennò ci sto troppo male.»

«Quindi...» Devo liberarmi la coscienza. «Se ogni tanto c'erano anche altri foglietti, scritte di canzoni su un quaderno...» Non importa precisare che era un diario, no? «Non...»

«No, no, no, no...» insiste Adele, sempre girandosi dall'altra parte e facendo cenni negativi con la mano tremante. «Tieniti tutto te come t'avevo detto all'inizio. Ora, se Marianna rivole il libro, fate voi, ma son contenta che ch'hai tutto te.»

«La musica è bella, ho ascoltato tante canzoni» cambio discorso, prima che qualcuno ci ripensi.

«E queste sono le cose che si devono pensa'.» Poi apre tutta contenta il vassoio delle paste, profondendosi in un "grazie", e acchiappa un bignè alla crema. «Gongolo proprio perché quel delinquente 'un c'è più.» Non me ne frega un cazzo se sono cattivo a pensare che me ne rallegro pure io. «Io glielo dicevo sempre al mi' bimbo: "Si denunciano! Si denunciano!", che tanto...» Mi guarda un po' arrabbiata, un po' triste. «Tanto voi che 'un me n'ero accorta che 'un lo picchiavano e basta?» Oh mamma... Forse Adele è più intelligente di quello che credevo. «Io però le prove 'un ce l'avevo, ma se Loris 'un voleva. Era maggiorenne, 'un lo potevo forza'...» Scuote il capo, mesta ma rassegnata, mentre cerco con la coda dell'occhio Marianna, che però ha abbassato il capo. «'un era come ora che di queste cose si parla e c'è la gente che aiuta. Io 'un sapevo nemmeno che si doveva o che si poteva fa'.»

In questo momento, mi viene da pensare in una volta sola a un mucchio di cose. Dal fatto che Adele sapeva già tutto da sola, senza bisogno di raccontarle del diario, a quello che mi vede impotente rispetto a tutti i discorsi di ieri sera. Era Loris che non voleva. Mi sembrerebbe di non rispettare la sua volontà a sollevare un putiferio alla *Chi l'ha visto?* dopo trent'anni, quando lui era contrario all'epoca. Gliel'avrebbe fatta pagare in un'altra maniera. Questi erano i suoi programmi. Prima o poi... una pagina nel diario.

"Mi sarebbe piaciuto andare all'Accademia di Belle Arti di Firenze."

«Sapevate che a Loris sarebbe piaciuto fare l'Accademia di Belle Arti a Firenze?»

«Oh sì!» Adele riprende vigore e il sorriso, mentre Marianna addenta un altro bignè, lei al cioccolato, e io mi tuffo sul bombolone con la panna. «Glielo diceva sempre anche il su' babbo che era tanto bravo a disegnare. Di quelli se n'è serbati tanti.»

Ancora senso di colpa. «Allora se ho trovato degli schizzi fra gli appunti...»

«T'ho detto tieni tutto te. Il Signore ha voluto che tu ripigliassi a caso quello che c'era dentro.» No, l'hai voluto te, io al Signore non credo, chiamiamolo "destino." «E ora mi sembra che Loris sia un po' rinvivito con te.»

Okay, basta, la mia coscienza ora è posto. Devo solo ritrovare il capo del filo.

«E quindi non eravate contrari riguardo la scelta della facoltà?» domando.

«No, anzi» fa lei, candida, alzando una spalla e acchiappando un diplomatico. «Magari ci fosse andato...» mugugna più sconsolata, raccattando fra l'indice e il pollice dello zucchero vaniglia scivolato sulla tovaglia.

«Perché pensavi questo?» interloquisce Marianna, perplessa o incuriosita.

«No, è che...» Ora come faccio a spiegarmi? Alla fine si ripigliano il diario e trovano la pagina scarabocchiata. Ma tanto Adele aveva già capito... e non vorrebbe leggerlo perché ci starebbe troppo male. Persino Loris l'aveva nascosto con la convinzione che loro non lo avrebbero mai trovato. E così è stato. Basta rimorsi, pensiamo ai morsi. Il bombolone è buono. Sono queste le cose a cui pensare. «Frasi come "mi sarebbe piaciuto"» rumino, un occhio a lei e uno al bombolone, «lasciano intuire che...»

Marianna abbozza un sorriso malinconico e poggia la pasta smangiucchiata su un tovagliolino di carta. «Parlava sempre al condizionale negli ultimi tempi.» Sbuffa un sorriso triste, fissa su un qualcosa che non starà di sicuro guardando. E io mi sento morire. Un po'. «Era come se lui avesse già deciso.» Proprio quello che non volevo sentirmi dire. "L'illuminazione." «Col senno di poi...» lascia andare Marianna, alzando una spalla anche lei.

"Non devi stupirti per il fatto che non ci sia scritto nulla di quello che aveva in testa, lui si svagava con le cazzate, ma dentro di sé era convinto di quello che voleva fare ben prima di ammazzarsi, come ogni persona che arriva ad ammazzarsi."

Col senno di poi...

"Mi sarebbe piaciuto andare all'Accademia di Belle Arti di Firenze."

Una pagina nel tuo diario...

Nel silenzio che si crea, interrotto da Adele che biascica, prendo la foto che mi ha dato Bruno. Pure qui non è necessario che io dica che non l'ho trovata esattamente fra la roba di Loris. «Non so come mai al cimitero non ci sia la foto, ma non mi sembra giusto che voi non abbiate nemmeno questa.»

La porgo ad Adele, che da svanita diventa subito triste negli occhi, ma allegra dappertutto. «Il mi' bimbo...» Si porta una mano alla bocca.

«No, questa hai fatto bene perché 'un ce n'ho punte.» Singhiozza a tratti, senza lacrime. «'un ce n'ho punte di quand'era grande. Ce n'ho tante di quand'erano piccini ma a quei tempi non era come ora. A una cert'età poi si smetteva o se ne facevano meno.» Si alza di scatto e la vedo trotterellare nel corridoio. «Però al cimitero 'un ce la porto lo stesso» urla, per farsi sentire. «Me la metto sul comodino.»

Adele sta continuando a borbottare qualcosa di là, ma non capisco. Sussulto. Marianna mi ha portato un palmo sull'avambraccio. «Grazie» mi dice.

E io non so che rispondere, se non: «Ma di cosa?»

Sono io che devo ringraziare loro. Mi hanno fatto agire, quando non ero buono a far nulla, e ora ho pure due nuove amiche.

«Hai fatto rinvivire Loris davvero un pochino» risponde lei.

Forse. E allora ha ragione Adele nella sua semplicità. Sono altre ormai le cose a cui pensare. Inutile piangere sul latte versato, per quanto quel latte fosse la vita di una persona che non è stata capita del tutto. Piangere sul morto, ma non perché a quel tempo, sul momento, da persone molto semplici non si è capito cosa si poteva e doveva fare. Non è giusto che i sensi di colpa li abbiano Adele e Marianna. Più giusto che ce li abbia Salsiccia, e quell'altro delinquente del Pistola che per fortuna non c'è più a sua volta.

Vorrei che Loris fosse qui a parlare in allegria della sua vita attuale. Non posso sapere di preciso come sarebbe oggi se fosse sopravvissuto. Sarebbe andato all'Accademia di Belle Arti di Firenze? Boh. Magari sul finire degli Ottanta si era dato al porno, nei Novanta aveva aperto una libreria esoterica/new age e ora si trovava in ritiro al centro buddista di Pomaia. Chissà... Quando la gente muore, ci costringe a ricordare, a cercare di imprimerci nella memoria ogni dettaglio, ed è naturale che rimanga qualche buco sia sul passato sia sul futuro, persino per i parenti stretti; vuoti che ci portano a porci domande, interrogativi che non potremo più rivolgere a chi se n'è andato.

Il famigerato senno di poi...

Comunque, se per loro le cose importanti ormai sono altre, quando Adele torna, cambio discorso, e parlo in allegria degli amici, della zia, della musica e del mio futuro, che mi sta sfuggendo sempre meno, lo sento.

Devo solo tirare fuori un'altra illuminazione che mi si è ingarbugliata nel cervello.

Ma per oggi mi sono sforzato troppo.

Non voglio pensare alla cosa brutta che ancora non ho metabolizzato, ci penserò domani. Domani.

13. WHAT IS LOVE

Domani è arrivato, e io sono al punto di partenza.

Il cimitero.

Mica per nulla, volevo accertarmi che il Pistola fosse morto davvero e avevo paura che alla Misericordia o in Chiesa ci fosse troppa gente che avrebbe potuto riconoscermi. Quei posti sono bar di second'ordine camuffati da istituzioni religiose. Qui, fra una scala e un corridoio, posso occultarmi come voglio, mentre i pochi familiari guardano la cassa che viene infornata. Per l'occasione hanno addirittura staccato le Messe in canto gregoriano. Ma evidentemente il prete, zitto zitto, il funerale lo ha fatto pure a lui, anche se non ha aspettato che fosse "il Signore" a decidere il momento. Vai a spiegare ai preti che questo in pratica ha scelto di ammazzarsi, sebbene in teoria non lo volesse.

Comunque è lui. La notizia è certa. L'ho letta sulle news della cronaca locale. Però volevo vederlo mettere dentro con i miei occhi, tornando dove è iniziata questa storia.

Ho rifatto tutto il percorso. Al contrario. Sono partito dall'argine, ho guardato il punto in cui doveva trovarsi il passaggio a livello, ho fatto un giro per la città e sono finito qui nell'ora in cui più o meno sapevo che avrebbero portato il Pistola.

D'un tratto odo dei singhiozzi in un corridoio a fianco e, quando mi affaccio, mi nascondo subito di nuovo.

Salsiccia!

È lì che piange come un ragazzino e, sempre come un ragazzino, potrebbe tonfarmi perché l'ho scorto mentre faceva questa cosa di nascosto. Come quando già grandicello giocava con le macchinine.

Basta. Che pianga pure quanto gli pare, che sia stato segretamente innamorato del Pistola o che gli sia apparso il fantasma di Loris. Ben gli sta! Che si faccia coccolare a pagamento dai viados senza arrivare al dunque. Io prima o poi ci arriverò, con chi pare a me.

Sguscio più in là e mi dirigo verso il posto dove voglio andare sul serio.

Un po' trafelato, mi ritrovo davanti alla lapide di Loris. Senza la foto, ma ora la foto c'è.

Loris.

Si è suicidato.

Lo dicevano tutti, lo sapevano tutti, e io non volevo sentire.

"La gente che vuole suicidarsi davvero non lo racconta. Chi lo fa è perché vuole essere salvato." Per questo il diario appariva tanto superficiale da risultare crudo e struggente. Un paradosso.

Non volevo sentire perché era ingiusto. E qualcosa di ingiusto c'è stato. Solo che mi sembra di averlo liberato un pochino, con questo mio essere diventato più intraprendente.

Le mie due nuove amiche mi ringraziano, un cattivo è morto di overdose o chissà cosa. Chissenefrega... E l'altro è là, a piangere come uno scemo. Ho sentito dire che è pieno di debiti. Farà una finaccia pure lui, prima o poi, parato o non parato. E continuo a non sentirmi cattivo, se tutto questo mi sembra liberatorio.

Mi sta persino passando la scuffia per Bruno...

Bruno.

Come richiamato da un qualcosa di soprannaturale – anche se non ci credo – me lo vedo apparire accanto.

«Ho approfittato del fatto che oggi c'era la signora che mi aiuta, per portare i fiori a mia moglie» esordisce con fare scontato, quasi ci fossimo dati un appuntamento. Forse già era là alla tomba e io manco l'ho visto, con la testa ficcata in tutt'altri pensieri. Come quando, al principio, non mi accorsi che mi stava osservando mentre guardavo per la prima volta la tomba di Loris.

«Io invece ho portato un'altra cosa. Anche se non ci credo.» Infilo una mano nella tasca dello zaino e tiro fuori un lumino e un accendino. Lo sistemo dove il fiore di Bruno di giorni fa si è seccato; fiore che porgo a lui, prima di accendere il lumino. «Per i preti dovrebbe bruciare in eterno perché si è ammazzato. Io invece voglio che su di lui rimanga una lucina, che la gente non se lo scordi.» La fiamma si innalza vivida e mi decido a guardare Bruno negli occhi. «Visto che vieni qui tanto spesso, puoi accenderlo pure tu, ogni tanto.»

Lui mi sta osservando un po' commosso, un po' divertito. «Hai detto che si è ammazzato.»

«Sì.» Annuisco, e torno a guardare la lapide. «Infine l'ho capito, e ho capito anche che tu lo consideri stronzo perché ha voluto farvela pagare a tutti quanti, costringendovi a convivere col rimorso e quelle immagini per tutta la vita.» Mi viene in mente l'attimo in cui me ne sono andato dal bar con la sensazione di volerlo punire, il fatto che avesse chiamato lui stesso quel mio comportamento, col suo menefreghismo e la sua superficialità. Che cazzata in confronto a quanto ho capito dopo... «Scommetto che è questo, che vi disse, prima di buttarsi.» Ma non era menefreghismo, non era superficialità. Tutto il contrario. E forse Bruno non si libererà mai più di tutte le sue paure e sensi di colpa. «Con te è stato un po' stronzo, sì, perché eri piccolo, ma gli altri hanno avuto quello che si meritavano.»

«Sai cosa sta succedendo di là, vero?»

Sta parlando del Pistola. Sicuro. Annuisco di nuovo e non dico nulla. Mi sa che parlare a voce alta di questo fatto che sono contento, in un cimitero, non è corretto neanche se non ci credo.

«Se hai ragionato così bene» riprende lui, ammiccando il lumino, «come puoi pensare che io me lo scordi?»

«Intendevo in generale, la gente.» Mi stringo nelle spalle. «E poi, da quando comincerò a frequentare l'università, ci capiterò meno spesso, mentre tu puoi farlo anche per me.»

Silenzio. Non mi chiede nulla riguardo la scelta della facoltà. Proprio ora che sto cominciando a sgarbugliare la nuova illuminazione dal cervello, sempre grazie a Loris.

«Mi hai destabilizzato, riportando a galla questa faccenda» dice invece, voltandosi verso la tomba. «Ma forse avrei dovuto farlo prima io stesso.» Poi torna su di me. Lo osservo bene negli occhi. Appare sincero. «Volevo anche dirti che...»

«Non deve succedere più» lo precedo, rilassato, ripensando a quel bacio che mi ha lasciato solo l'amaro in bocca.

Lui reagisce con un sorriso ancora più acre, e annuisce. Mi fa quasi venire il dubbio che non volesse dire esattamente quello, sebbene adesso sia quanto voglio io.

"Cos'è l'amore?" si chiedeva Howard Jones. E me lo chiedo anch'io, guardando Bruno negli occhi, continuando a non parlare. Diceva proprio bene quel cantante. È meglio non sprecare tempo a porsi domande. Tanto, in definitiva, l'amore può essere pure quella cosa che ti fa lasciare la porta aperta, affinché le persone siano quel che vogliono essere. Velate. Finti vedovi. Stronzi idealizzati. O solo ragazzini feriti per sempre.

«Ciao Bruno» gli dico, allontanandomi. E sento che in questo "Ciao" c'è un pezzo della mia vita che se ne va, o che lascio qui, insieme a Loris. Solo un po' di malinconia, ma perlomeno

con qualche certezza in più. Una vita comunque...
MIA.

Non risponde, e io non mi volto.

Puf! Tutto se ne va. Come i palloncini che sfuggono alla presa dei personaggi del video, fatti volare da una magia a distanza del cantante. Una magia che forse lui sta usando anche ora su di me, sempre a distanza, ma nel tempo.

Spero che la zia abbia ragione.

La zia ha quasi sempre ragione.

14.SMALLTOWN BOY (Reprise)

Sono qui, da solo sulla banchina della stazione, come il cantante dei Bronski Beat, e d'un tratto siamo a settembre. Grigissimo. Seppur affollato di prima mattina.

Voglio fare i precorsi prima del test d'ingresso e spero anche di cominciare a incontrare qualche compagno con cui scambiarmi dubbi e idee su questo nuovo pezzo di strada che sto per intraprendere.

Infine ho capito cosa sono bravo a fare e come potrei diventarlo ancora di più.

La storia di Loris mi ha aiutato a comprendere tante cose e mi sento diverso rispetto al giorno in cui ho visto per la prima volta la sua tomba. Sì, ho ricapitolato le idee tante volte in queste ultime settimane: ho delle nuove amiche, non sono più inerte, non sono più indeciso, non sono più cotto di Bruno e ho reso una mezza giustizia a una persona che ci ha lasciati tropo presto, per quanto le cose siano andate come all'inizio non volevo vedere. Calato il velo di Maya, mi sono risvegliato come Siddharta. Dissolte le illusioni, sono uscito dalla caverna del mito di Platone. La realtà era già davanti ai miei occhi, ma l'avevo persa, posseduto dal mio scopo.

Si può cambiare il capitolo, il libro, ma la storia rimane la stessa.

Mi sembra di vederlo ora, però, Loris. Anche se non ci credo. Lì, sul binario vuoto, con l'ex passaggio a livello lontano e, in quest'immagine che ho davanti, lui è tutto intero e vestito come nella foto che ho portato all'Adele. I capelli ramati, mossi, un po' lunghi, la faccia truccata, i vestiti coloratissimi e scombinatissimi. Un fantasma liberato. Che mi sorride. Adesso pure con gli occhioni verdi.

Lo sento reale per la prima volta da quando ho iniziato a pensare a tutta questa vicenda. È strano. Finora, per quanto io mi sia battuto, l'ho vissuto come qualcosa di distante, nel tempo, perché così è stato, e nello spazio, perché era molto diverso da me. Non era accanto come questo brivido che ora mi sento sulla schiena. Quasi soprannaturale. Anche se...

Un fischio, un annuncio dall'altoparlante, e i pendolari intorno cominciano ad alzarsi dalle panchine o a muoversi frenetici, quasi che il treno in arrivo possa ripartire subito senza aspettarli.

Salgo nel caos e mi fiondo sul primo posto libero che trovo. Non mi guardo nemmeno intorno, non m'importa di quello che la gente può pensare o non pensare di me. Apro lo zaino e metto in bella vista il walkman fuori moda. Ci ho ficcato i Bronski Beat, perché ho quasi dimenticato il vecchio brano, dato che ultimamente ho ascoltato spesso un *reprise* del 2014, col piano, che mi garba un mucchio, anche perché si avvicina di più alle sonorità attuali. Che piacciano o che non piacciano, in definitiva, quelle degli Ottanta sono un po' datatine.

Mentre metto le cuffie enormi, mi sporgo per guardare fuori dal finestrino il punto del binario su cui avevo visualizzato Loris, ma la canzone parte, e pure il treno, come nel video, lasciandosi alle spalle visioni e ingiustizie del passato.

Con questo fantasma svaniscono anche i miei: la paura di non riuscire a combinare niente di buono, di non ottenere e soprattutto di non essere ciò che voglio, di non diventare quel che mi spetta. La più grossa differenza fra me e Loris è che io mi sono concesso la libertà di andare avanti e di vedere cosa succederà. Io ho creduto in me stesso e nel futuro. Lui no. Ma non gliene faccio una colpa. Nella vita, oltre che dai luoghi, tutto dipende anche dai tempi, dalle situazioni e dall'immancabile "fattore C."

Mi accomodo di nuovo.

Tutto questo non era più grande di me, non volevo trovare un colpevole come i poliziotti in tv; già sapevo, in fondo in fondissimo al mio cervello, che questo colpevole non c'era, perlomeno materialmente. Io volevo che fosse fatta giustizia, che chi meritava qualcosa di buono lo ricevesse e chi aveva fatto qualcosa di male...

«Ce n'ha uno anche il mi' babbo.»

Queste cuffie traballanti e il nastro vecchio, sebbene a tutto volume, mi fanno lo stesso sentire il chiacchiericcio intorno.

«Però è rotto.»

Alzo il capo verso il punto da cui sento provenire la voce e vedo un fi'o della Madonna seduto davanti a me. Ha qualcosa nel viso sbarazzino che mi ricorda il bassista dei Thompson Twins, seppure non è così scuro né ha le treccine. Mi sono accaldato tutto d'un colpo. Ohimmei...

Mi tolgo le cuffie e riesco a farfugliare: «Sono leggermente teso.» Fra un po' anche nei pantaloni.

«Vai all'Uni?» Questo è salito da prima, ma di sicuro non sta lontanissimo, a sentire dalla cadenza.

Annuisco e temo di essere arrossito. «Per me è il primo giorno di precorsi.»

«Anche per me.» Non sembra che abbia intenzione di chiudere il discorso. «Che hai preso?»

Stavolta ce l'ho! #sapevatelo

«Giurisprudenza.» Perentorio. Come quando il babbo sceglie la pasta.

«Anch'io.» Ride. Tutto contento. Ed è bellissimo. Chissà se riderà pure quando capirà che io... ma lui... fammi cercare di scoprire se... «Via, fai provare il walkman anche a me, tanto se aspetto che il babbo lo accomodi...»

Glielo passo titubante. Forse la canzone che c'è dentro è un tantino plateale, se lui la conosce. Ma non è possibile che io abbia trovato un fi'o della Madonna in treno che va al mio stesso corso e che addirittura ascolta musica vecchia. Altro che "fattore C"...

Lui infila le cuffie e si blocca, con lo sguardo verso il basso. «Ma...» Sorride, più imbarazzato lui, ora. «Col walkman giustamente ascolti roba datata.»

«Certo.» Alzo una spalla, scheccando un po'. Che m'importa se capisce e mi scansa? Meglio togliersi ogni dubbio subito invece di farsi troppe domande. Come Howard Jones. Tanto poi guarda con Bruno come è andata a finire.

«Hai mai visto il video?» La conosce. E conosce pure il video. Potrei essere Re per più di un giorno. E mi andrebbe bene anche un giorno, con questo qui. Basta paranoie! Ma non è detto che... «È tristissimo» aggiunge, tetro.

Mi sento scheccare ancora di più, mentre sghignazzo. «Però finisce bene.»

Eh...

La zia ha SEMPRE ragione!

INFO

RUNNY MAGMA – Fra il 2015 e il 2016 ha pubblicato i gay romance "Mascarado", "Perfect Strangers", "Porcahontas & (S)mascarado" e "A qualcuno piace tiepido", e ha curato la rubrica "Drag Stories - Storie di strascichi" sul blog "Refusi Etc.", dove ha dato voce alle drag queen italiane. Sempre a tematica LGBT sono i successivi mystery di formazione "Small Town Boys" (2017) e "Le Freak" (2019).

www.ingramcontent.com/pod-product-compliance
Lightning Source LLC
Chambersburg PA
CBHW031122250726

48655CB00004B/1805